Benjamin for Architects

Brian Elliott

思想家と建築 ベンヤミン

◆

末包伸吾 訳

丸善出版

Benjamin for Architects

by

Brian Elliott

迷宮の中の私を導いてくれるガブリエルに

謝辞 *Acknowledgements*

近年、多数のベンヤミンと建築に関する私の見解を教授し発表する機会に恵まれてきた。イスタンブール・ビルギ大学での表象研究のセミナーは、当地のカルチュラル・スタディーズ・プログラムの主宰者フェルダ・ケスキンにより可能となったものである。ビルギ大学の大学院生の熱意と厳格さに感謝する。また、イスタンブール工科大学のイペック・アクピナー主催の会議「断片としてのイスタンブール」では、イスタンブールにおけるパサージュに関する研究発表の機会を与えられた。さらに、ダブリン・カレッジにおけるヒュー・キャンベル、ダグラス・スミス、そしてジリアン・パイとの協働から、人文学と建築を関連づける着想を得ることとなった。

アメリカへ移った後では、アンドリュー・カトロフェロとロブ・グールドからの支援が不可欠なものであった。深く感謝する。オレゴン州立大学のブルック・ミュラーは、3章までの初稿について助言をしてくれた。本シリーズの編者アダム・シャーには、このプロジェクトに信念を持ってくれていることに対し感謝にたえない。そしてRoutledge出版のジョージナ・ジョンソン＝クックの、本書の出版にいたるまでの手厚く行き届いた支援に感謝する。
最後に、妻ガブリエルに最大の感謝の意を表す。彼女は、私がここに存在する、まさにその根拠であり、リルケの言葉を借りれば、「この世に在ることは素晴らしい」と思わせてくれる人である。

二〇一〇年春　オレゴン州ユージーンにて

ブライアン・エリオット

目次●思想家と建築――ベンヤミン

序章 …… 1
第1章 メトロポリタニズムと方法 …… 13
第2章 ラディカリズムと革命 …… 47
第3章 モダニズムと記憶 …… 81
第4章 ユートピア主義と効用 …… 117
第5章 参加と政治 …… 153
第6章 ベンヤミンの追想 …… 189
引用文献 …… 195
訳者あとがき …… 203
索引 …… 210

訳者注記

本文中で他の書籍から引用している箇所については、巻末の「引用文献」をもとに引用元を簡略化して示し、邦訳がある場合は、邦訳書、○○頁と［ ］内に併記している。

一方で、本文が煩雑にならないよう、本書で数多く引用されている①〜④に挙げたベンヤミン関連書については、アルファベットの略記号（BC、BW等）と巻数を示す枝数字、そして頁数を記したので注意されたい。

引用箇所については邦訳があるものは原則的に邦訳に従ったが、一部、訳者により改変したものもある。また、④の『ヴァルター・ベンヤミン著作集』を除き、他の日本語版は現在も入手可能である。枚挙にいとまがないベンヤミン自身の、あるいはベンヤミンに関する論考は、ハワード・ケイギル他著、久保哲司訳『ベンヤミン』（ちくま学芸文庫、二〇〇九年）に、訳者による丁寧な文献ガイドが詳細な年譜等とともに整理されているので、ぜひ参照されたい。

①BC1〜7：『ベンヤミン・コレクション（全七巻）』（ちくま学芸文庫、一九九五〜二〇一四年）
②BW1〜2：『ベンヤミンの仕事（全二巻）』（岩波文庫、一九九四年）
③PA1〜5：『パサージュ論（全五巻）』（岩波現代文庫、二〇〇三年）
④WB1〜15：『ヴァルター・ベンヤミン著作集（全一五巻）』（晶文社、一九六九〜一九七五年）

序　章　*Introduction*

建築家や建築教育者は、なぜドイツ系ユダヤ人の思想家ヴァルター・ベンヤミン（Walter Benjamin）の著作に興味を抱くのであろうか？　一九四〇年の悲劇的な死にいたるまでの間、彼は主に文学批評で、ヨーロッパのブルジョアの一部で知られるにとどまっていた。同世代のマルティン・ハイデッガー（Martin Heidegger）とは異なり、彼の思考はアカデミーの内外で賞賛を得るような画期的なものとは捉えられていなかった。一九二〇年代のフランクフルト学派による批判理論の創成期にあっても、彼はそれに積極的に関与したとはいえず、大学教授になろうというささやかな野心さえ果たせずにいた。さらに悪いことに、当時の彼の親しい友人たちが「不要」なものとみなしていた一九世紀のパリに関する考察に、彼は人生の終わりの一五年を捧げるのである。集めた史料は際限なく、理論的に明確な到達点も示されることはなかった。

それでもなお、ベンヤミンが二〇世紀の建築や都市の状況を思考した思想家の「一人」であることに疑いはない。ベンヤミンはモダニティやモダニズムへの深淵で繊細な分析を行った。また、物質的な環境がもたらす社会的かつ政治的な影響についての詳細な分析を行い、建築を、個人と集合体の文化的記憶の交錯をもたらす重要な媒介であり宝庫とみなした。そして、物質的な環境が政治的・歴史的に影響力をもつことなど、数々のことを建築家や学生たちは彼の思想から得ることができる。そして何よりも、ベンヤミンの思想は、「建築における正義や責務とは何か」という時代を超えた問いをもたらすのである。建築の持続可能性というさまざまな議論がある中で、こうしたベンヤミンの正義の追求は、時宜を得たものであり、純然たる敬意を払うべきものに相違ない。

ベンヤミンはフランクフルトの社会研究所の正式な一員ではなかったが、研究所から経済支援を受け、最晩年には彼の最も重要な論考群を研究所の紀要に発表した。一九二三年に創設されたこの研究所は、ジェルジ・ルカーチ（Georg Lukács）のマルクス主義的著作『歴史と階級意識』からの影響を受けたもので、社会学調査を用いて哲学的な問いを提起することを目指していた。マックス・ホルクハイマー（Max Horkheimer）が、研究所の所長をしていたとされる一九三〇年に著された重要な小論とそれに続く取り組みは、フランクフルト学派の「批判理論」として知られるようになる。ベンヤミンは批判理論に対して、姿勢としては同調していたものの、すべて受け入れていたわけではなかった。というのも、彼の近代文化についての分析は、当時一般的であった解釈に異議を唱えるものだったからである。一例を挙げよう。近代の技術の影響を明らかにしようとするベンヤミンの洞察は、一九六〇年代に批判理論家ヘルベルト・マルクーゼ（Herbert Marcuse）が一般化した集合体的・美学的遊戯の社会という実現の可能性ある考えを，数十年先駆けるものであった。しかし，ベンヤミンの生涯においてフランクフルト学派の最も影響力のあったテオドール・アドルノ（Theodore Adorno）やホルクハイマーは，ベンヤミンの取り組み，特に理論を構築する方法について深い疑念を表明していた。ここ数十年のベンヤミンへの学術的関心の高まりから考えると，アドルノや他のフランクフルト学派の面々が正統とした理論に，ベンヤミンが寄り添おうとしなかった姿勢が理解されつつあるのだろう。そして何より，ベンヤミンの著述が新しく現代的なものに映ることには衝撃を受ける。二〇世紀に提起された，他の数多くの理論とは異なり，ベンヤミンの思想は今もなお未来への道標であり，長年にわたり我々が関心を抱かなかったものを振り返るものではない。

一九二〇年代中期の，ベルリン，モスクワ，そしてナポリなど諸都市についての著述に始まり，晩年における，第二帝政下のパリについての執拗な検証にいたるまで，ベンヤミンは，近代の都市化の社会的・文化的影響について分析を継続した。ベンヤミンの，パリに関する調査のために収集した史料のジャンルの広さは驚愕に値する。それらは，ボードレール（Charles Baudelaire）をはじめとした彼の同時代の詩人たちの作品，マルクス（Karl Heinrich Marx）やエンゲルス（Friedrich Engels），そしてそれに先立つ理想主義的社会主義の先駆者たちの著述，一九世紀の歴史家による著作，都市ガイドや自伝，さらにファッションや日常文化を反映したちらしにまでいたる膨大なものである。さらにベンヤミンは，同時代のパリの前衛芸術家たちを注意深く観察し，なかでも一九二〇年代初期にアンドレ・ブルトン（André Breton）を中心に結成された、シュルレアリストたちの意義について特に注目していた。とりわけ、近代の都市化の社会的影響を追求したゲオルク・ジンメル（Georg Simmel）の一九〇三年のエッセイ「大都市と精神生活」が先鞭をつけた、都市社会学から示唆を得ていた。ジンメルが、都市的な「無関心」による精神の疲弊を強調するのに対し、ベンヤミンは、都市環境が社会を変質・変革させうる力があると捉える傾向にあった。ベンヤミンが一九世紀のパリに夢中になっていたことは、現代建築の主たる関心事とは離れたものと思われるかもしれない。しかし、彼の究極の到達点は、近代の都市的生活の誕生時の、物質的・文化的状況を再構築することにあったことを心に留める必要があろう。つまり、ベンヤミンの根本的な仕事は「都市化（urbanization）の系譜学」なのである。この都市の系譜学はすべて、オースマン男爵（Georges-Eugène Haussmann）が一八五〇〜六〇年代に主導した、空前の規模のパリ再開発から始まっている。

このオースマンの都市実験は、ヨーロッパ全体、さらに他の地域での大規模再開発を先導するものであった。ここに、近代的な建設技術を駆使して社会を作り上げていこうとする、その後のすべての活動の雛形が見出せる。数世代を経てベンヤミンはこうした開発を吟味するが、同時にモダニティによるさまざまな成果を通じて思考することを怠らない。ベンヤミンの『パサージュ論』——それはまさしくこの言葉のもつあらゆる意味についての試みである——は超然とした態度で芸術史と距離をとりながら、それを再構築したものというよりも、社会的・政治的な緊迫感が高まりつつある当時の感覚に突き動かされて書かれたものである。一九二〇年代の近代建築を支持した先駆者であったことからわかるように、ベンヤミンは一九世紀に始まった急速な工業化に対して否定的ではなく、むしろその発展のみが近代化への道を開くと確信していた。しかし、仮にモダニティの核心が物質的・技術的革命にあるとしても、その精神はより深い源泉から導かれたものなのである。同時代を生き、友人でもあったエルンスト・ブロッホ（Ernst Bloch）同様、ベンヤミンは、一九世紀のモダニティと二〇世紀のモダニズムは集合体的でユートピア的な願望、つまり社会の調和と調停に対する無意識に近い願望から導かれたものであることを確信していた。したがって近代建築への理解は、材料を使用する際の機能性や、寸法を規格化して生産することによる経済性といったことに矮小化してはならないのである。機能主義者か表現主義者かといった二元論を超え、ベンヤミンは近代建築を、機能的な材料を用いた、ユートピア的なもののシンボルとして理解している。現状を鑑みると、ポストモダンの代わりとなるものが尽きてしまったことが、「ポスト」以前のものへの再評価を促したようだ。ここで改めてモダニズムの意味が問われている。この問いを検討する上での先導者として、ヴァルター・ベンヤミンほどふさわしい人物はいないであろう。

二〇〇六年四月から六月にかけて、ロンドンのヴィクトリア・アルバート美術館で「モダニズム――新世界をデザインする一九一四～一九三九」展が開かれた。その翌年にワシントンD．C．のコーコラン美術ギャラリーで開催された、若干の改変が加えられた巡回展について、同ギャラリーは、「これまでこのテーマについてアメリカで催された展覧会の中で、最も規模が大きく、最も包括的」であると表明しているが、この展覧会において顕著だったのは、視覚芸術、特に絵画を型通りに展示するようなものではなく、日用品や建築のデザインにはっきりと焦点を当てていたことであった。ヴィクトリア・アルバート美術館のウェブサイトには、明確にモダニストの立場を取りつつ、モダニズムが今なお継続的に存在していることを強調した主張が掲載された。

二一世紀の初頭にあって、我々とモダニズムの関係は複雑である。私たちが今日生活する都市環境は、その多くがモダニズムにより形成されたといえる。私たちの住居、私たちが座る椅子、そして私たちを取り囲むグラフィックなどは、あまねくモダニストのデザインの美学と理念から創り出されてきたものである。私たちは、ポスト・モダニストまたはポスト・ポスト・モダニストとして、自分たちの時代をまだモダニズムという言葉で定義づけている時代に生きているのだ。

こうしたモダニズムの特徴は、偉大な人物や主義・主張に関するものというよりは、むしろ、それとなく日常的な物質文化の中に書き込まれたものであり、それはベンヤミンの感性と深く共鳴するものである。本書の主たる務めは、現代における建築と知的文化との継続的な関連性から、ベンヤミンのモダニズム評価の複雑性を導き出すことにある。

また本書はある程度時代の流れを追いながら、主題に沿って展開することとなる。さまざまな時代や文献への言及がなされるが、焦点は一九三〇年代以降のベンヤミンの成熟期の思想にあり、それについての検証が多くを占めることとなる。

ベンヤミンの建築に関わる思考の多くは『パサージュ論』に書かれている。「複製技術時代の芸術作品」のような、ベンヤミンの最も著名な小論も、『パサージュ論』との親近性があってこそ適切に理解されよう。このことは重要な問いをもたらす。『パサージュ論』は、映画のモンタージュの手法を用いて、意図的に断片的に書かれたテキストから構成されている。加えて、そこにはベンヤミン独自のテキストは少なく、大部分は他者からの引用で成り立っているのである。アドルノは友人に宛てた手紙で、ベンヤミンが明確な理論の構築を頑なに避けようとすることに対し不満を示した。この明確な理論の構築という点に関して、ベンヤミンが消極的であったことにもっともな理由があったとしても、建築や都市空間の体験についての理論をベンヤミンの思考から引き出すことができるとすれば、それは探究と「構築」によるものであることも事実である。このような構築はいかなるものであれ、事件現場の再構築のように、状況証拠と思われるものをかき集めて、魅力的で首尾一貫した物語を作り上げることと同じなのである。

本書が試みたのは、ベンヤミンの思考の幅広さを損なうことなく、彼の核となる発想が建築への敬意にあるということを示すことである。そのために「ブルジョアの住居（dwelling）からモダニストの住宅（housing）への変移」という主題を取り上げた。この主題は、発表・未発表を問わず、一九三〇年代初頭からのベンヤミンのさまざまな著作において繰り返し現れるものである。それはベンヤミンの幼年時代に始まった個人的な経験――それは後に彼が都市で巡りあうことを、さまざまに予見させ際立たせた――を明らかにしたもののように思える。しかし、こうした住居から住宅への変移は、ベンヤミンと同世代を生きたブルジョアの人々に、彼らの地位が危ういことを認識させるものでもあった。ベンヤミンの一九二九年のシュルレアリスムについての小論では、その変移について「ヨーロッパの知性の最後のスナップ写真」と言及している。ブルジョアの住居の崩壊は、その社会的な存在意義を揺るがす危機ともいえよう。その階級に芸術家や建築家も属していたのである。最終的には、この変移はモダニズム建築の社会的責務を言い表したものとみなすことができる。すなわち、形式ばった装飾のなされたヴィクトリア朝のブルジョアの住居を、単純な「機械としての住宅」に還元し置き換えるという責務である。この「機械としての住宅」は、工業化された技術による製品と人間性との和解を効果的に示したものであり、そうした技術が本質的に非人間的であるとして、即座に否定的にとらえられてしまうことへの異議申し立てといえよう。

ベンヤミンの思想の中心が、住居から住宅への変移についてであることから、第1章では、上層の中流階級に属していた幼年時代の住居の室内に関する自身の回想から、青年となった彼のナポリやモスクワへの訪問についての著述へと検証を進める。ナポリでは、労働者階級の文化を形成した地中海特有の開放性が、北ヨーロッパの家との乖離に対する解毒剤とみなし、モスクワにあっては、革命的かつ近代的な再編へと全力を尽くす大都市と対峙した。ハイデッガーのような思想家が、工業化以前の田舎の住居に見出した安定性に対して明確に異議を唱え、ベンヤミンは、建築におけるモダニズムの進歩的で社会的な可能性を肯定した。ここで、室内を過度に飾り立てる一九世紀のブルジョアの趣味から距離をおくことで、社会やモラルから解放され、高揚感が沸き起こる。モダニズムの建築デザインによる自由な室内は、一九世紀の悪夢を追い払うのに効果的なものであった。

第2章では、革命的なマルクス主義者としてのベンヤミンを分析し、第3章では、近代的な都市環境の自由主義的傾向について、シュルレアリスムとピュリスムの緊張関係を通して検証する。

第4章では、マンフレッド・タフーリ（Manfredo Tafuri）の一九七〇年代の著作や、都市社会学者デヴィッド・ハーヴェイ（David Harvey）の近年の著作と関連づけ、近代建築のユートピア的側面に焦点を当てる。芸術家的な建築家を、孤高の天才として英雄視することを嫌うベンヤミンの思想からは、建築とは、良き生活のための集合体的なヴィジョンということが見て取れる。そうしたヴィジョンが、資本主義経済の下でいかに妥協に満ちたものであるかということを、ベンヤミンはよく理解していた。その一方で彼は、集合体的なユートピアの企図の痕跡は、建築の計画案や実現作の本質に迫ることで、いつでも見出すことができると主張している。第5章では、建築への人々の参画という課題に対して、ベンヤミンの思想がいかに貢献したかが検討される。建築におけるモダニズムの明確なイデオロギーがもっぱら権威主義的であるため、必然的に人々の参画とは相反するものとみなされるのに対し、ベンヤミンの思想は、モダニズムのこうした傾向に反していた。近代建築に対するベンヤミンの取り組みが建設的であったのは、彼が近代建築をイデオロギーに還元できるとは考えていなかったからである。

ベンヤミンの建築に対する弁証法的評価は、還元的な環境決定論や非唯物論の理想主義にあまねく反するものであった。こうしたことから少なくとも理論的には、ベンヤミンを都市の生態学という今日的なアプローチと同列のものとみなしうるかもしれない。ただしベンヤミンは「革命による社会変容」を、正統な芸術的で建設的な活動と結びつけていた。著名なテキスト「歴史の概念について」において、彼は革命への要求を強く擁護し、その上でル・コルビュジエが示した相容れることのない「建築か革命か」という二者択一に対して、「建築」と「革命」の並置を提示した。より具体的にいえば、ベンヤミンの思考は、媒介としての建築という問いを提示するものと理解できよう。この問いは、一九七〇年代の世界的な経済危機の状況にあって、建築実務の世界において最も目を引くものとなった。しかし、この問いは、ベンヤミンの芸術や都市の状況に関する著述のすべてに暗に示されていたのである。ベンヤミンは、芸術の創出のためには、生産者と消費者を分け隔ててはならないという見解をもっており、それは、エッセイ「生産者としての〈作者〉」に最も明確に示されている。こうした思想を、建築に置き換えると、コミュニティのすべての人々が、自身の住まいに何らかの形で積極的に貢献しなければならないことを示しているのである。小規模なコミュニティや地域の持続可能性への関心が高まっている現代的な感覚と、そのような取り組みはよくなじむようにみえる。ベンヤミンの著述は、こうした草の根のコミュニティ住宅の特定の計画の意義を示すものでないことは明らかではあるが、彼の思想から、我々は、建築家による先鋭化した近代的革命についてだけでなく、近年のアンチ・モダニストやポスト・モダニストによる代替案についても、その意味を慎重に検討することができるのである。一九六〇年代に起こる都市環境への「心理学的地理学」の取り組みを予見するように、ベンヤミンが提供した街路レヴェルから都市を見るという視点は、コンピューター・モデリングや製図室での作業によって生じる心理的な抽象化や差異を埋め合わせてくれるのである。

建築に関わる人は誰しも、すべての観点（歴史的・文化的・社会的・政治的な重要性とそれらの複合性など）で、ヴァルター・ベンヤミンの作品から必ず今日的課題の原点を学ぶのである。近代都市や、近代技術の社会的影響、さらに近代技術の建設の発展に関する彼の分析は、時代を超えた正義への理念、すべての二〇世紀のヨーロッパの思想家たちを凌駕する現代との共鳴をもたらすのである。ユルゲン・ハーバーマス（Jürgen Habermas）が一九八〇年代に主張したように、モダニティが「未完のプロジェクト」であったとしても、ベンヤミンは、現在も進行中のモダニティという状況に今なお関わり続けながら、それを詳細に表現する方法を、今日の建築家に提供する思想家なのである。

第1章　メトロポリタニズムと方法　*Metropolitanism and Method*

●幼年時代のイメージ

「一九〇〇年頃のベルリンの幼年時代」においてベンヤミンは、「大都市での私の幼年時代のイメージは、もしかすると、その内部において、後の時代の歴史的な経験を前成（胚子の中で前もって形成すること）しうるものであるかもしれないのだ（Benjamin, 2002: p. 344〔BC3、四七〇頁〕）」と述べている。ベンヤミンほどに自身の物質的環境の特殊性を自覚している人だけが、ためらいがちに「もしかすると」という言葉で、これ程までに深遠な経験を特徴づけることができるのかもしれない。個人的なものであれ集合体的なものであれ、歴史性を伴う経験は、具体的な「もの」に付与されたイメージを介して生じうるという考えは、ベンヤミンの思想を生涯にわたって支配することになる。疑いようもなくこの理念は、具体的な場所――そこで著者は幼年時代から成人まで過ごした――が危ういものであるという感覚の強さと密接に関係している。

導入部となる本章では、ベンヤミンがともに経験し、自身の思想を形成した大都市について検証する。後年の彼の著述からも明白なように、ベンヤミンにとって伝記は地誌でなければならなかった。つまり、その人の生涯に関する記述をするとき、生涯を過ごした場所の記述が欠かせないということである。しかし都市に関する記述は、単なる個人的な記録とみなすべきではない。それらはベンヤミンの取り組みに先駆けること一〇〇余年に及ぶ文学者や理論家が明確にしようと奮闘した、都市についての経験の記録でもあるのだ。一九世紀に工業先進国に起こった先例のない都市の成長は、同様にかつてない都市のダイナミズムをもたらした。ベンヤミンは大都市への的確な感受性をもち、近代都市に関する歴史・文学・理論を精緻に把握していた。究極的には、近代の都市の歴史の中で生じた社会的・政治的状況と照らし合わせ、彼は自身の個人的な成長を検証するようになるのである。モダニズム建築の先駆者の一人ル・コルビュジエが、「建築か革命か」という劇的な二者択一を主張していたときに、ベンヤミンはこうした歴史を論じるのである。

一九二〇年代のベンヤミンによるさまざまな都市に関する著述を検証する前に、彼の理論を生み出す方法論について知っておく必要がある。ベンヤミンは、都市への印象について素朴かつ無邪気に記録することはなかった。彼の都市への記述は、個人や集合体への貢献のための深い願いに動機づけられたものであり、文学や理論への詳細で含蓄に富んだ知識から豊かな比喩を用いて表現されたものである。フーゴ・フォン・ホーフマンスタール（Hugo von Hoffmannsthal）、ライナー・マリア・リルケ（Rainer Maria Rilke）、そしてマルセル・プルースト（Marcel Proust）ら、当時影響力のあった文学者たちの作品に認められる概念に従うように、ベンヤミンは、作家にとって人々の救済のためには、幼年時代の記憶をたどる作業が必要であるという前提に立ち、思考を深めた（Rochlitz, 1996: pp. 181-7）。すなわち、この基本的な思考が、先の引用に示された「前成」にあたる。ベンヤミンにとって、幼年時代を追想することは、過ぎ去った日々の中に暗黙のうちに示されていた将来への希望に照らして、個人の現在の状況の意味を見出す試みに等しい。つまり記憶は、歴史的な意味を形作る初源的な存在となるのである。こうしたプロセスは、排他的で個人的かつ主観的なものにみえるかもしれないが、ベンヤミンが、記憶を物質的環境と必然的に結びつけられたものとして理解していたことを考慮すれば、追想そのものは、実は本質において社会的・歴史的側面をもつのである。例えば、幼年時代の住居への追想は、実際の物質的な構造が、大人になったときにも存続しているかどうかによって異なってくるであろう。しかし物質的に存続するかどうかは、追想の一要素に過ぎない。幼年時代の住居の様式、家具や周辺環境も同様に重要である。後に述べるようにベンヤミンは、物質的環境が風化し朽ちていく過程に、特に敏感であった。一九三〇年代の円熟期の著作において、ベンヤミンは、日用品への偏愛、愛着というマルクス主義的概念の視点に立ち、この過程を分析している。初期の近代建築もまた、この風化の現象に着目し、様式への一九世紀的な執着を凌駕することによって、それに立ち向かおうとした。そうした試みは、ベンヤミンの観点からすれば、十分なものではあり得なかっただろう。差別化された様式を作ることは、大がかりな広告活動と結びついた日用品の生産と何ら変わりないからである。このように近代建築は、風化という問題に対する適切で具体的な解決をベンヤミンに提示することはできなかったが、価値のあるユートピア的な魅力を有していたのである。この魅力については第4章で述べる。

マルセル・プルーストの『失われた時を求めて』を、友人のフランツ・ヘッセル（Franz Hessel）と共訳したベンヤミンは、それに続きプルースト本人に関するエッセイ「プルーストのイメージについて」を一九二九年に初めて出版する。ここでベンヤミンは、「プルーストがはじめて、一九世紀に回想録を残す能力を与えたのだ。彼以前には緊張を孕まない時空であったものが、力の場となり、そこにきわめて多様な電流が、彼以後の作家たちによって生ぜしめられた（Benjamin, 1999a: p. 240［BC2、四二三頁］）」と述べる。当時、ベンヤミンの脳裏を占めていたことは、このエッセイに記されている。それは、以下に示すことの可能性を見出すことであった。まず、悲劇より喜劇を通して近代史を検証するという考え方、すなわち「悪魔のおとぎの国」としての一九世紀の現実、そして追想が有する、過去への感傷的な追想とともに今をみるという二つの側面の弁証法としての歴史の概念である。ベンヤミンはプルーストの作品をその弁証法の第二の側面に関連づけ、「この悲歌的な幸福理念（中略）こそは、プルーストにとって現実の生活を、追想という一種の保護林に変えてくれるものなのだ（ibid.: p. 239［前掲書、四二〇頁］）」と述べる。自身の代表作のタイトルが明らかにするように、プルーストの主たる関心は「時間」に関係していた。『失われた時を求めて』の冒頭には、夢と追想に関する幼年時代の体験が描かれ、イメージの意識化についての二つの例を挙げている。プルーストのイメージの概念は、究極的には時間に関連づけられていたが、それは、出来事に対する中立的な尺度というよりは、ある種の感傷のようなものであった。ベンヤミンは述べる、

プルーストは永遠へのさまざまな視点を開いてくれるのだが、このような永遠は、交錯した時であって、無限の時ではない。彼が真に関心をもつのは、最も現実的なかたちにおける、とはすなわち、交錯したかたちにおける、時の流れである。こうした時の流れは、人間の内面に関しては追想において、外面に関しては老化において、最も歪められることなく支配している。(ibid.: p. 244〔前掲書、四三四頁〕)

ベンヤミンの思想にとって、プルーストのエッセイの最も重要な点は、次のように要約される。「プルーストの方法は回想ではなく現在化である (Nicht Reflexion–Vergegenwärtigung ist Prousts Verfahren) (Benjamin, 1991: p. 320)」。「現在化」のドイツ語 Vergegenwärtigung は、文字通り「現在のものにする」ことを意味する。したがって、プルーストの著述においてイメージは、過去の体験を現在のものとする作用をもつ。それは「一瞬 (blitzhaft)」になされるのである。「一刹那のうちに全世界を、人間の一生分だけ老化させる、という途方もないことをプルーストはなしとげた (Benjamin, 1999a: p. 244〔B C 2、四三五頁〕)」。イメージの到達点は、「ひとつの生涯全体に、精神の最高度の現前を付与しようとする (Geistesgegenwart) (ibid.〔前掲書、四三五頁、訳者改変〕)」

ことによる。おとぎ話の風景の中のにいるかのような白日夢に反して、文学におけるイメージには、精神を濃縮して現前させる機能がある。つまり、そのイメージは、生き生きとした現在の中で過去に批判的な意味をもたせることにより、その生命を取り戻すのである。

ベンヤミンの著作に散見されることからも明らかなように、彼のプルーストとの邂逅は、洗練された解釈や評価をもたらしたのと同時に、ベンヤミン自身の経験を明確化する試みにつながった。ベンヤミンの幼年時代への追想を検証するときは、上記のようにプルーストに関する思考を引き合いに出すべきであろう。こうした思考から、ベンヤミンは自身の思想を構造化するため、二つの理論上の原則を確立する。第一は、現在とは、すでに過去の中に潜在していたということ、第二は、その意味は、過去の経験が埋め込まれた物質的環境を追想することを通じてのみ明確になるということである。この追想のプロセスがより具体的には何を意味しているかは、ベンヤミンの都市についての著述をより精確に検証することで明らかとなろう。

●ベルリン

一九世紀末のベンヤミンはベルリンで、さまざまな面から大変恵まれた幼年時代を過ごした。彼の両親は、ともに裕福な家庭に生まれ、その家庭環境は結婚後も変わらなかった。ベンヤミンは長子で弟と妹がいた。「一九〇〇年頃のベルリンの幼年時代（以下、「ベルリンの幼年時代」）」――一九三二年から三四年に書かれ、一九三八年に修正される――は、彼の自宅の中庭の眺めがもたらす、庇護され隔離された感覚の描写から始まる。一九三二年に完成した「ベルリン年代記」でベンヤミンが指摘したように、ベルリンにおける彼の家族の歴史は、一九世紀半ばにこの地に居を構えた彼の祖父母までしか遡れない。しかし、若きベンヤミンにとって、短い歴史しかもたないものの、この祖母の住居を、「ずっと昔からのブルジョア的安心感（Benjamin, 2002: p. 369［ＢＣ３、五三九頁］）」と表現するには十分であった。「ベルリンの幼年時代」において、ベンヤミンは、彼の祖母の住宅のロッジアへの特別な愛着にそれとなく言及している。このことは、ベンヤミンが後半生を過ごしたパリのパサージュへのとりつかれたような興味に着目する際に重要なものとなる。この関係を知るには、以下のロッジアへの言及が手がかりとなる。

そうした奥の部屋のなかで最も重要だったのは、私にとってはロッジアだった。それは、ここには取るに足らぬ家具しかなくて、ほかの部屋に比べて大人たちがあまり重んじてはいなかったからとも言えたし、あるいは、通りの音がここではずっと和らいで聞こえたからとも言え、また、ここからはよその中庭を眺めることができ、そこには守衛や、子供たちや、手回しオルガン弾きがいたりしたからでもあった。ちなみに、ロッジアに立ったとき、そこに打ち開かれるのは、人の姿よりもずっと多く、声だった。（中略）ほかの部屋はどれも、いわば傷んで隙間だらけになっていて、日曜日を摑まえようとしても漏れ出てしまうので、すっかり摑まえきることは決してできなかった。だが、中庭に面したロッジアは――中庭には絨毯を干すための竿があり、ほかのロッジアもみな中庭に開いていた――日曜日を摑まえることができた。そして、十二使徒教会［ブルーメスホーフの少し南にある］とマタイ教会［ブルーメスホーフの少し北、ラントヴェーア運河とティーアガルテンのあいだにある］がロッジアに送って寄こす鐘の音のどの響きも、ロッジアから滑り落ちることなく、夕暮れまでここに積み上げられていくのだった。(ibid.: p. 371［前掲書、五四二～五四三頁］)

ベンヤミンの著述は、彼の建物や都市環境での体験を評価する視点を適切に示唆する。一九世紀の中央ヨーロッパのブルジョアの住居において、ロッジアの形態と機能は、他の部屋のそれらとは一線を画すものであった。このことは、ロッジアこそ外部が内部に浸透するたった一つの部屋であるという事実に、まず見て取れる。ベンヤミンは、北ヨーロッパの気候には明らかにそぐわない開放的な空間より、むしろ完全に閉じた空間に内在している感覚を明確に描写している。ロッジアでは、二つの感覚、すなわち視覚と聴覚が重要である。視覚に関しては、中庭や人々の往来を眺めるための最も良い機会を提供するのである。おそらくロッジアにおいては、他の部屋に比べ多くのガラスが用いられていたと思われる。通常の住宅では、外部からの視線を遮るように、少なからず配慮されているからである。

しかし、ここで最も注目すべきなのは、ロッジアの聴覚的な性質である。特にロッジアにおいて、教会の鐘の音が集まりとどまる様子は力強く印象的である。先の「ベルリン年代記」において、彼が「目に捉えているもののうち、その三分の一は見ていないかのようなまなざし（Benjamin, 2002: p. 596［BC6、四四二頁］）」と述べたように、ベンヤミンは、視覚に障害があったことは、ここに記しておくべきであろう。方向感覚の弱さに視野の狭さが重なったことにより、彼によると「この都市を前にしての無力（ibid.［前掲書、四四一頁］）」な自身を認識したという。このように、ベンヤミンの自伝の中で注目すべきは、彼が目で見るためでない地図を作成していたという点である。大都市の状況に言及する彼の試みを評価するとき、このことを心に留めておくことは重要である。大都市で育ったものの、彼は幼年時代にはそれとの一体感を得ることができなかったのだ。後にみるように、パリにおいてのみ、ベンヤミンの視覚的な限界は、都市環境との積極的でより本能的なものへと移行する。このことは、幼年期にロッジアと親しんだことの中に前兆を見出すことができるといえよう。

ベンヤミンが、ベルリンからパリへと移ったことと最も密接に関係する著書が『一方通行路』である。本書は一九二三〜二六年にかけて書かれたが、一九二八年まで出版されなかった。『一方通行路』は、その表現の目新しさから直ちに注目を集めた。本書は、日常生活における広告や看板から導き出された野心的なタイトルが付された短編集だが、ベンヤミンは、理論書の新たな試みとしてモンタージュの手法を初めて用いた。「皇帝パノラマ館」という長い章は、最初期に著された文章からなる。

この章を理解する最初の鍵は、そのタイトルにある。皇帝パノラマ館（Kaiserpanorama）は、一八七〇年代初頭にベルリンのパサージュ内に建設された（Buck-Morss, 1989: pp. 82-92）。そこは、観客が手頃な料金で遠方の眺望や都市の様子を楽しめる施設であった。人々は機械の周りに集められ、そこに映し出される映像を楽しんだ。ベンヤミンは、「ベルリンの幼年時代」の中で、彼がまだ幼年の頃にここを訪れ、映像が変わることを知らせるベルが鳴ると不安な気持ちになったという経験を述べている。

ドイツの大都市について、彼の後年の著述ではより物悲しい論調となるのに対して、「皇帝パノラマ館」では、ドイツの首都で、社会的な退廃が起こっていることを強く印象づけるよう努めている。「ドイツ市民の、愚昧と臆病を繋ぎあわせた生活ぶりを、日々明らかに示している、例のおびただしい言い回しのなかでも、目前に迫った破局に関する言い回しは――「もはや事態がこのまま進む」ことはありえないですよね、というわけだが――とくに考察に値する（Benjamin, 1996: p. 451［BC3、三七頁］）」。彼が一年後に著すこととなるナポリでの日常生活とは対照的に、ドイツの都市は、「生活状況、悲惨と愚昧が、この［ドイツという］舞台のうえで人びとを、集合体の力に隷属させる暴力である。人びとのこの隷属ぶりは、未開人の生活が、一族の掟に縛られるときにしか見られないようなものだ（ibid.: p. 451［前掲書、四二～四三頁］）」という状況を呈するのである。「ドイツの空を覆う厚い雲」という重要な一節に顕著なように、ベンヤミンのベルリンでの経験は、都市を、腐敗し、歪み、粗野なものとして語らせた。

すべての事物が、とめどない混淆と汚染の過程において、本質を示す表情を失ってゆき、そして曖昧なものが本来的なものを押しのけて、その後釜に座りつつあるが、都市も同様である。（中略）いまや目につくのは、そうしたものであるはずの大都市が、侵入してくる田園に、至るところで外壁を突破されている姿なのだ。侵入してくるのは風景ではなくて、野外の自然がもつ苛酷きわまるもの、すなわち耕地であり、舗装された街道であり、〔街灯やネオンで〕赤く震える空気層にはもう被われていない夜空である。にぎやかな地区にさえ感じられる不安定、それが都市住民を、あの不透明な、この上なくぞっとさせる状況にすっかり置き入れてしまう。つまり、わびしい平地がもつ、もろもろの不快なもののあいだで、都市建築術の悪しき産物を受け入れざるをえない、という状況である。(ibid.: p. 454〔前掲書、四六～四七頁〕)

ベンヤミンのここでの不満を特定の事物に帰結させることは困難であるが、すべての著述をより広い視野で検証すると、主として自然と技術の間の対比が問題とされていたことが明らかとなる。「皇帝パノラマ館」の最終章では、「母なる地球」を賞賛する際の違和感について述べている。しかし『一方通行路』の最終節では、近代の技術が自然を新たに形作るものとみなしている。「この身体において、人類の宇宙との接触が、新たに、そして民族や家族におけるのとは違う仕方で、形成されてゆく（ibid.: p. 487〔前掲書、一四〇頁〕）」。こうした形成は一九二三年にベンヤミンが、近代技術と都市経験との交錯を、歴史的な対立の最たる場と位置づけていたことから明らかとなる。ル・コルビュジエのような人たちは、「新精神」を構築するために凌駕すべきものは何かということに注目していたのに対し、ベンヤミンは、過去をそのように簡単に超越できないことを認識していた。

シュルレアリスムに関する重要な著述（一九二九年）を著したのと同じ年に、ベンヤミンは、フランツ・ヘッセル（Franz Hessel）による『ベルリンでの逍遥（Spazieren in Berlin）』の書評を「遊歩者の回帰」と題して発表した。前述したプルーストの著書の共訳者でもあるヘッセルによるベルリンについての記述は、シュルレアリストのルイス・アラゴン（Louis Aragon）がその数年前に発表した著書『パリの農夫』に匹敵するものと評価されていた。アラゴンが、パッサージュ・ド・オペラに足繁く通って、退廃と貧困の一路をたどる物質的世界の歴史的な変化を喚起していたとき、ヘッセルは、決定的な変容が起こる前夜の大都市での生活に残る過去の痕跡を追想していた。

庇護されてあるということが最も重んじられていた、古い意味での住むことに、終わりの時がやって来ており、（中略）ギーディオン、メンデルゾーン、コルビュジエは人間の居所を、とりわけ、光と大気の考えうる限りでのすべての力や波の通過空間にする。（中略）新しいものがその到来をある男の内部において予告する、その男だけが、ヘッセルのように独創的に、ヘッセルのように先駆的に、このたったいま古くなったばかりのものをそれと見てとることができるのである。(Benjamin, 1999a: p. 264［BC4、三七二～三七三頁］)

これは、近代建築の誕生に密接に関係している「住居」の衰退に関する、ベンヤミンによる初期の言及である。それを考えると、この住居から住宅への変移が、いかにベンヤミンの知的成長と結びついたのかは検証すべき問題である。「ベルリン年代記」において、ベンヤミンは、ヘッセルを、彼が大都市に直面したときの無力感を克服する上での先導者と呼んだ。こうした過程の最初期において、ベンヤミンは「ティアーガルテン（Tiergarten）神話学」を「この都市についての科学の第一章(ibid.: p. 599［BC6、四五〇頁］)」だとした。ティアーガルテンは、ベルリンにあり、その名は一八世紀まで鹿公園として使われていたことにちなんでいた。そこは迷宮のような構造をなし、彼はその場所を近代都市の原型的な「思考イメージ（ドイツ語でDenkbild）」とみなしてきた。古代ギリシャ神話では、テーセウスが迷宮の中心に横たわるミーノータウロスの脅迫に直面した後、迷宮から脱出するためにアリアドネの糸に従うが、この迷宮は、ベルリンに関するベンヤミンの描写に当初から認められるものである。しかし、パリでの経験を通してようやく、大都市と対等の関係を結ぶことができたのだ。そうした関係は、大都市の環境に精通したことによるものではなく「降伏」と表現された。

ある都市で道が分からないということ——これは興味をそそらない、月並みなことかもしれない。都市で道が分からないためには、知識の欠如を必要とする——ほかに必要なものは何もない。だが、——森のなかで道に迷うように——都市のなかで道に迷うには、まったく別の習練を必要とするのだ。（中略）そのように迷う技術を、パリが私に教えてくれた。そして、私の学校ノートの吸取紙にさまざまな迷宮となって最初の痕跡を記していた夢を、パリが叶えてくれたのだった。（ibid.: p. 598［前掲書、四四八頁］）

パリで自己を見出す以前に、ベルリンを発ったベンヤミンは、ナポリとモスクワという重要な地を経由した。ベンヤミンの、これら二つの都市での経験により、彼の都市についての認識と見解が変貌を遂げ確固たるものとなった。仕事においては、アカデミックな世界を捨て（もしくは捨てることを余儀なくされ）一人のエッセイスト、ジャーナリストとしての道を追究することとなる。このことにより、彼ははかなさや現代性への興味をより深くし、これらに密接に関わるようになる。この時期にあたる一九二〇年代中期の彼の都市に関する記述では、都市の状況について、その祝祭性や精神の解放を伝えている。孤独な遊歩者という姿は決して消し去ることはないが、この時期にいたると、都市は何にも増して生き生きとした集合体的な存在となる。このように二〇世紀の都市は、ベンヤミンの幼年時代の一九世紀的なブルジョアの室内にみられた、窮屈な孤独感とは全く反対の姿をみせるようになる。

●ナポリ

ベンヤミンのエッセイ「ナポリ」は、ラトビア人劇作家で共産主義にも傾倒した女性アーシャ・ラツィス（Asja Lacis）との共著である。結婚生活が破綻して数年を経た後、ベンヤミンは、一九二四年の夏にイタリアでラツィスと交友関係をもつようになる（Scholem, 1981: pp. 146-57; Buck-Morss, 1989: pp. 8-24)。このエッセイは、都市に明確に焦点を当て、都市の名をタイトルに冠したベンヤミンのエッセイの最初のもので、ベンヤミンの著述への取り組みの理論的転換点を示すものであり、それは、後の『一方通行路』の出版でより明確に示されることとなる。後年にベルリンに関して示されたある種の見解や理念は、このエッセイ「ナポリ」に初めて現れる。その最たるものは、都市の私的空間と公的空間を仲介する建築に対する強い共感であった。このエッセイの主要なテーマは、ナポリの都市環境が有する「多孔性」である。

多孔性は、南国の職人の無精さに由来するだけでなく、とりわけ、即興への情熱に相通ずる。即興のためには、空間と機会が、いかなる場合でも保たれていなくてはならない。建物は民衆劇場として利用される。（中略）階段で演じられることは、演出術の上級学校のひとつである。階段は、完全に屋外にあることは決してないが、かといって、北国にみられる息苦しい箱状の家のなかに閉じこめられているわけではさらになく、家屋から少しずつ突き出して、角をなして曲がり、消えてはまた飛び出している。(Benjamin, 1996: pp. 416-17［BC3、一五〇～一五一頁］)

ここにおいて多孔性の二つの側面が明らかとなる。すなわち即興性と演劇性である。これら両面は、一九二〇年代以降の建築の発展の鍵を想起させる。標準化と均質的なデザインを予言した近代の建築と都市は、早い時期に、その地域独自の改変や人々の参画という問題に直面した。例えばル・コルビュジエの場合、一九二〇年代後半には、可動式の部屋の間仕切りなどの発明を通じて、住宅の内装の部分的な再構成をすでに許容していた。マンフレッド・タフーリとフランチェスコ・ダル・コ (Francesco Dal Co) によれば、この時期のル・コルビュジエの活動は、サン・パウロ、リオ・デ・ジャネイロ、モンテヴィデオ、そしてアルジェなどの計画にみられる、「モンタージュ」を用いた方法へと移行しつつあった。

モンタージュは、この地域スケールで考えられた固定構造物内での個々の要素——ここでは、移動したり、取り外したり、別のところに据え付けたりすることが理論上可能な住戸である——のプログラムを前提としている。個々の住戸は、プログラムの性質を変えることなくまた全体形と矛盾することもない。(中略) それを利用する公衆の積極的参加が期待されている。というのも「人工地盤」——蛇のような形をした構造において、最終的には住戸で満たされるべき広い空間を供給する自立したプラットフォーム——により可能となった最大限の自由は、公衆が都市の建設とその消費の主役になることを可能ならしめるからである。(Tafuri and Dal Co, 1979: p. 143 [邦訳書、一六一頁、一部改変])

しかしこの当時、建築デザインへの住民の参加をこのように認めることは、一九六〇年代に勢いを増した、モダニズムの正統性に対する異議申立てに比べると、極めて控えめなものであった。一九六〇年代のこうした動きを先取りするものとしてみた場合、「ナポリ」は、地域住民による独自の改変と創造的な混沌に由来する都市の活気や、標準化された均質的な都市計画の不在を賞賛したものといえる。居住と商業の機能的分離というモダニズムの規範のもう一つの重要な要素とも対照的に、ナポリは、機能が徹底的に混在しているがゆえに繁栄していることがわかる。近代の百貨店が、その周辺環境から隔絶して建ち、その内部を一つの世界としようとした実利的なものであるのに対し、この地中海都市における店舗は、可変性ある迷宮的な演劇の空間なのである。

日用品倉庫のなかであちこち気を引かれる、その幸福な気分！　というのも、この地ではまだ、日用品倉庫が販売スタンドとひとつになっているのだ。つまり街頭市場である。長い通路が好まれる。あるガラス屋根の通路には、おもちゃ屋が一軒あるが（そこでは香水や、リキュール用グラスを買うこともできるだろう）、この店は、童話に出てくる屋根つき商店街とともに存在していてもおかしくない。ナポリの目抜き通りであるトレド通りは屋根つき商店街のような印象を与える。これは世界で最も交通の激しい道のひとつだ。この狭い通路の両側には、港湾都市ナポリに集まってきたものが、大胆に、生のままで、誘惑するように拡げられていた。こんな長い家並みは、童話にしか出てこない。悪魔の手に落ちたくなかったら、右も左も見ずに通り抜ける

ことだ。(Benjamin, 1996: p. 419〔BC3、一五七頁〕)

ちょうど北欧の住生活が、その周辺環境からの隔絶を重視している一方、南欧においては個人の生活を劇場で演じるかのように公的空間に持ち込まれている傾向と対比されるように、ナポリの貧しい地区の集合体的な空間という特徴は、ブルジョアの住居の孤立的な空間とは対照的なものである。それは、ナポリの集合体的特徴は、そこに住む労働者階級の住居の内部が狭いがゆえに、住生活のための家具のいくつかが路上に置かれることになる。ここにみられるように、機能的な必然性を、よりもっともらしく、いくらかロマンチックに受け取ろうとする傾向はある。しかし、ベンヤミンが、ここにおいて近代の都市計画への批判的要素の一つをすでに見抜いていたことは特筆に値しよう。

ジェイン・ジェイコブズ(Jane Jacobs)は『アメリカ大都市の死と生』において、都市の密度と機能的な混在は必然的に「街路への視線」をもたらし、都市での共生やセキュリティへの感覚を呼び覚ますことを最初に明らかにした(Jacobs, 1993)。エッセイ「ナポリ」では、――室内の設えとともに――視線だけでなく、身体のすべてが通り上にあることとの計り知れない価値が主張されている。ここで示しているのは、都市は日常的に祝祭の場であるような力強さを備えているということである。「祝日があらゆる仕事日のなかに、逆らいようもなく浸透してくる。多孔性は、ここの生の法則であり、この法則は、尽きることなく新たに発見されうる(Benjamin, 1996: p. 417〔BC3、一五二頁〕)」。

このようにして、「演劇都市」というナポリのイメージが強調されるのである。すると伝統的な祭事は、より政治的な重みをもった意味を含んでいる。というのも労働者が仕事をすることで保たれた都市の社会階級が、ここで覆されるからである。モダニストの規範では、都市の機能性のために、生産と余暇の場を厳格に区別することとしているが、ナポリでは仔細なことで労働のための環境が、演劇の空間へと変容させられるのである。

視力の悪さから青年期のベンヤミンにとって、ベルリンは迷宮であり意味のある活動をほとんど見出せなかったが、ナポリでは、彼は開放的な感覚をもって自ら迷路の中に身を投じた。一九二三年には、ハイパーインフレがもたらす社会の混乱と相まって、ベンヤミン自身の閉ざされた精神は、ベルリンからの逃避を求めた。一九二四年春のカプリへの出発の直前、友人であるゲルハルト・ショーレム（Gerhard Scholem：後に（Gershom）に宛て、ベンヤミンは悲劇（Trauerspiel）に関する学術的な検証を進めていることを手紙に書いた。

四月初めに――いちかばちか――ここを出発して、もっと自由で広い環境で気らくに生活しながら、細かなことはかまわずに、一気に、可能なかぎりことを片付けてしまうつもりだ。（Scholem and Adorno, 1994: p. 236〔WB 14、一八二～一八三頁〕）

第一次世界大戦後の数年間の、ドイツの首都での彼の試練が『一方通行路』に記されていることはすでに述べた。ベンヤミンはこの文章をラツィスに捧げている。「この道の名は　アーシャ・ラツィス通り　この道を著者のなかに　技師として　切り開いた女性の名に因んで（Benjamin, 1996: p. 444［BC3、一八頁］）」。この言葉は、当時のベンヤミンの執筆や批評への取り組みが大きな変貌を遂げていたことの手がかりとなる。この変貌には二つの要因がある。一つは、彼の悲劇に関する研究が博士号を取得できず、教授資格試験に合格していないベンヤミンは大学教授の職を得ることができなかったことである。そのためアカデミズムからジャーナリズムの道へ転身することとなった。二つ目は政治的な観点からで、ラツィスがベンヤミンに、ブルジョアの文化や社会に対しマルクス主義的批評を真剣に行うよう促したことである。これらにより、ベンヤミンは、自身の記述スタイルや批評的・理論的位置づけを再考した。

彼の初期の著述は、極度の概念的な密度と抽象的でどちらかというと難解な文体をもつことが特徴だが、『一方通行路』は、日常的な都市経験と明確に一致させようと努力する記述形式を示している。冒頭の「ガソリンスタンド」では、次のように述べている。

文学の有意義な働きは、行為と執筆が厳密に交替するときにのみ成立しうる。この働きが、現在活動しているさまざまな集合体に影響を与えるためには、書物というものがもつ、要求水準の高そうな、普遍指向のポーズよりも、一見安っぽい形式のほうが適当であって、そうした形式を、ビラ、パンフレット、雑誌記事やポスターのかたちで、作りあげてゆくことが必要となる。この機敏な言語だけが、現在の瞬間に働きかける能力を示す。(ibid.: p. 444〔前掲書、一九頁〕)

『一方通行路』の出版準備中に書かれた一九二六年五月のショーレムへの書簡で、ベンヤミンは政治的姿勢が無政府主義から共産主義へと変わったことを述べている。同時に彼は、共産主義者は「ナンセンスで非実在的(Scholem and Adorno, 1994: p. 301〔WB14、二四一頁〕)」であることを言明し、結果より方法を重視すべきことを主張する。その数カ月後にはショーレムに、ベンヤミンはテキストのタイトルは含みをもたせたものに過ぎないことを表明している。タイトルが意図しているのは、「あれほどに深淵な奥行きのある見通しを露にすることを意図された街路、ちょうどヴィチェンツァにあるパラーディオ作の有名な舞台装置「街路」のように(ibid., p. 306〔前掲書、二四三頁、訳者改変〕)」と述べる。ベンヤミンがここで言及しているのはパラーディオ(Andrea Palladio)の「テアトロ・オリンピコ」であり、ルネッサンス様式の劇場で唯一現存するものである。この劇場は、通りの風景を舞台装置とするもので、後にイタリア・ルネッサンスの最後期に影響力のあった建築理論家ヴィンチェンツォ・スカモッツィ(Vincenzo Scamozzi)が完成させた。劇場の舞台装置は、勾配のついた床と天井の角度により、遠近法を用いた透視図的視野を得られるようにすることでリアリティを高めるなど、当時の最新技術が用いられていた。

ベンヤミンの著述の新たなる方向性とルネッサンスの劇場の類似は、後の『パサージュ論』の中の方法論に関する言及を参照することで理解されるであろう。ベンヤミンは、「視覚性［具象性］を高めることと、マルクス主義の方法を遂行することとを結びつける（Benjamin, 1999b: p. 461［PA3、一八〇～一八一頁］）」ことへの努力の重要性を述べている。ベンヤミンの文学的な方法は、このように主題を、より直接的に読者に示すという意味で、一種の言語的な「トロンプルイユ（訳注：だまし絵）」を企図するものである。しかし、それは同時に、ベンヤミンが伝統的な意味における固定的な美に対する過度の関心を抱いていなかったことを示す。ベンヤミンにとって、イメージの構築は、常に変容可能なものへと向かわせるからである。一方、美は、観察者を、そうした作用から救済するものとして伝統的に理解されているのだ。

ベンヤミンが最終的にベルリンを去ろうとしたのは、政治的状況が極めて危うくなった一九三三年のことである。ただし、それより十年も前の旅行やラツィスとの緊密な関係こそが、このベルリンという場所が、彼にとって闘争の主たる場ではなくなったことを示している。ドイツでの文化や政治における保守的な傾向が、彼の知的発展を促したが、ラツィスの革命的な共産主義への傾倒をベンヤミンが吸収したことで、彼の思想が、急激に後戻りのできない転換をすることは必須であった。彼のその後の仕事は、フランクフルト学派の崇拝者や批評家たちの目からは、従来の論評や正統な理論とはかけ離れているものとみなされるが、一九二〇年代における「近代精神」を表したものであることに疑念の余地はない。一九二四年春の地中海への訪問により、その後のベンヤミンが、日常的な都市生活に傾倒し共感を得た点は重要である。

●モスクワ

『一方通行路』の執筆を終え、遅れていた出版を待つ間、ベンヤミンは、一九二六〜二七年の冬にかけてモスクワを旅した。その主な目的は、サナトリウムで療養中のラツィスに会うことにあった。同様に重要だったのは、革命後の状況にある大都市の様子を、直に経験する機会を得たことであった。ベルリンへ戻った後、ソヴィエト・ロシアでの経験についてのエッセイの依頼を受けていたので、彼は二カ月のモスクワ滞在中に詳細な日記を書き続けた。一九八〇年に刊行された『モスクワの日記（冬）』のドイツ語版の序文で、ショーレムは、ベンヤミンがモスクワから戻った直後にマルティン・ブーバー（Martin Buber）に送った書簡を紹介している。ここでショーレムは『モスクワの日記』が「すべての理論が欠けている」と主張する一方で、ベンヤミンは「完全に変革された環境というヘッドフォンを通して大音量で発せられる、方向性のない新しいこの言語。（Scholem and Adorno, 1994: p. 313〔WB14、二四九〜二五〇頁〕）」をいかに理解しようとしているかを述べている。

わたしの意図は、現時点でのモスクワ市を叙述することであり、その叙述のなかでは「あらゆる事実がすでに理論」ですから、演繹的な抽象論や予測は、それればかりかある限界内では判断さ

えが、まったく控えられています。(Benjamin, 1994 : p. 313〔WB14、二五〇頁〕)

純粋な記述とは、十年以上にわたって『パサージュ論』への、ベンヤミンの継続的な方法となるのであるが、この方法そのものはアドルノやフランクフルト学派の主だった人々により一九三〇年代後半に繰り返し批判にさらされた(Wolin, 1994: pp. 163-212)。しかしベンヤミンは、明確に理論化をしないことが、都市環境の経験を伝達する際の最も正当な方法だと考えていたことは明らかである。後の章で検証するが、ベンヤミンにとって都市環境が主として住民たちに影響を与えるのは、認知的あるいは知的な側面においてではない。むしろ「近代都市は主として生理学的もしくは身体的な効果を生み出し」、それはより多くの人々の認識に変容を引き起こすことを意味する。ベンヤミンがそうした主張を明確なものとするのは、晩年の著作においてであるが、一九二〇年代中葉という決定的な変容の時期に、こうした信念が構築されつつあったことを示唆する手がかりは数多く存在する。

ちょうどナポリがベルリンとの強い対比としてベンヤミンの印象に残ったように、彼は「モスクワ」の冒頭で「モスクワからは、モスクワそのものの眺め方よりも、ベルリンの眺め方」(Benjamin, 1999a: p. 22〔BC3、一六三頁〕)」を学ぶことについて述べる。イメージと経験との連結はすぐになされた。「町と人びとのイメージに関しても、精神的状況のイメージに関しても、事情は変わらない。つまり、そうした精神的状況に対して獲得される新しい光学〔ものの見方〕が、ロシア滞在のもたらす、最も疑う余地なき成果にほかならない（ibid.［前掲書、一六三頁］）」。新しい光学という理念は、一九三〇年代における写真や映画への著名なエッセイや小論で追求されていく。しかしながら、「モスクワ」ですでに、彼は、新たな大都市という環境が観察者の知覚の能力を凌駕するものであり、映画技術による補完が必要であることを示しているのである。

> いまやこの都市は、新参者にとって迷宮となる。（中略）新参者がいかに多くの地誌上の罠にはまるか、その興味津々の一部始終を繰り拡げてみせてくれるものは、映画だけだろう。すなわち大都市は、新参者に抵抗し、仮面をつけ、逃走し、陰謀をたくらみ、新参者を誘惑して、その外周を疲れ果てるまでさまよい歩かせる。（ibid.: p. 24［前掲書、一六七〜一六八頁］）

モスクワに着いて一週間のうちに、ベンヤミンは、セルゲイ・エイゼンシュテイン（Sergei Eisenstein）の「戦艦ポチョムキン」と、レフ・クレショフ（Lev Kuleskov）の「掟によって（Pozakonu）」を鑑賞する機会を得た。両監督ともに映像のモンタージュ技法において先駆者であり、この芸術的な手法は、視覚芸術においてはまずキュビスムに導入され、その後、ダダやシュルレアリスムとして進歩していったものである（Vidler, 2000: pp. 99-122）。ベルリンへ戻ったベンヤミンは、初期のソヴィエト映画の本質である政治的な志向を擁護した。当時のドイツにおける政治的に偏向した批評に応答しつつ、ベンヤミンは、「ロシアの革命的な映画の優越性は、ちょうどアメリカの喜劇同様、両者が独自に一定の傾向（Tendenz）を有しながら、その起点に、不変にそして首尾一貫して帰還することにある。（Benjamin, 1991: p. 753）」と述べる、こうした批評が明らかにするように、比較的初期の段階には、ベンヤミンは、芸術が政治的目的に利用されることに明らかに反対してはいなかった。しかし、芸術の政治目的化が正当であるかどうかは、そのメッセージが、いかにメディアと同調しているか次第である。ベンヤミンが、初期のソヴィエト映画を擁護するのは、基本的にはこの視点からである。彼は冷静に、しかし尊敬の念をもって「戦艦ポチョムキン」のプロレタリアート賛美について記している。

プロレタリアートは、しかしながら、ちょうど映画の空間が集合体的であるように集合体的である。ここで映画は、環境を尊重することから始まったプリズムとしての務めを初めて完遂することができた。「戦艦ポチョムキン」はまさにエポック・メイキングなものである。なぜなら、確かにこのことは今までこのように明らかにされることがなかったからである。ここにおいて大衆の運動は、徹底的に建築的な特徴を手にする。しかしそれはモニュメントという特徴ではない。映画による記録を初めて正当化するような特徴なのである。（ibid.）

ここに一九三〇年代半ばのベンヤミンの最も著名なエッセイ「複製技術時代の芸術作品」で説明される、映画理論の定式化の端緒をみるのである。この芸術に関するエッセイにおいて、ベンヤミンは映画技術を、「人間の自己疎外は、極めて生産的に活用されること（Benjamin, 2002: p. 113〔BC１、六一〇頁〕）」について、独特な方法で可能にするものと表現する。重要なことは、ベンヤミンは集合体的な受容という点において、映画と建築の間に大きな親和性があるとみなしていたことである（ibid.: p. 116）。両者の共通点は、先に引用したソヴィエトの映画への擁護においても「建築的ではあるがモニュメンタルな性質を有しない」ことに言及している。この芸術作品に関するエッセイでは、モニュメンタルではない建築のあり方によっても、受容されうるとしている。「建築は昔から、気晴らしの状態で、そして集団によって受容される芸術作品の典型であった。建築受容の諸法則は、非常に参考になる点が多い（ibid.: pp. 119–120〔BC１、六二四頁〕）」。一九三五～三六年の時点で、ベンヤミンの建築への取り組みには、モダニストたちの建築理論の影響がある。そしてそれは決定的な邂逅によるものだったとされる。この邂逅については第3章で詳細に検証するが、まずは大都市とモンタージュの融合について述べることとする。

●建築的モンタージュ

『コラージュ・シティ』においてコーリン・ロウ（Colin Rowe）とフレッド・コッター（Fred Koetter）は、モダニズムにおける二つの相反する文化的な傾向を定義づけた。一方は、建築の分野において優勢なものとみられてきた「統一性、連続性、体系（Koetter and Rowe, 1984: p. 138〔邦訳書、二一八頁〕）」を希求することであり、もう一方は、「アイロニー、歪曲、複数の参照性（ibid.:

p. 138〔前掲書、二一八～二一九頁〕）」である。コラージュ（広義にはモンタージュ）という方法は、「ブリコラージュ」もしくは寄せ集めという概念に則ったもので、それはフランスの文化人類学者クロード・レヴィ＝ストロース（Claude Lévi-Strauss）の研究の中心をなすものである。ロウとコッターは「二〇世紀の建築家が『ブリコルール』とは正反対の方向を目ざしてきたことを思い起こす（ibid.: p. 139〔前掲書、二二〇頁〕）」と述べ、そうした建築家たちとは対照的で特徴的な存在としてル・コルビュジエを挙げる。

　実際、建築家の中では、時にはハリネズミであり時にはキツネとなった偉大なる日和見主義者、ル・コルビュジエだけがこの種のことに興味を示した。残念ながら都市計画案はそうではないのだが、彼の手による建物には、コラージュとおよそ等価のものとみなしうるプロセスの成果が満載されている。オブジェクトやエピソードは目ざましいほどに引用され、その出典や引用源のもつ本来の意味を保ちつつ、異なった文脈の中に投げ込まれることによって全く新しい衝撃性を生み出している。オザンファン・スタジオを例にしてみるなら、そこにみられるさまざまの引喩や引用は、なべてコラージュという手段によって結びつけられているように思われるのである。（ibid.: p. 140〔前掲書、二二二頁〕）

ここで言及されている、ル・コルビュジエの住宅と都市デザインの間の断絶にこそ意味があるのである。ベンヤミンにとって、一九世紀のパサージュの構造体こそが、その後の都市デザインの原則となったコラージュの援用の可能性を予見するものであった。しかし、映画が一定の段階に発展するまでは、それ以外のモダニズム芸術がその進歩的な可能性を十分に発揮することはできなかった。「モスクワ」で明らかとなったように、技術としてのモンタージュは、映画や建築をともに、美学的にも政治的にも、進歩的な方向へ誘う可能性を有していた。建設技術の進歩を道具としての可能性のみに見出すことに余念がない虚無的な社会の権力を、ベンヤミンはすでに認識していた。そうした虚無的な評価を後に大きく後押しすることになるのが、技術発展を自明なものとする、すなわち、技術発展をあらゆる自然に対する直接的な支配の道具としてみなそうとするファシスト的傾向である。それに対して、技術としてのモンタージュの長所は、制作者や受容者という役割の有機的統一を解体することにより、芸術作品が自明なものとされていない状態を明らかにすることである。しかしこうした自明化が読み取りやすいのは、建築よりも視覚芸術である。「複製技術時代の芸術作品」において、ベンヤミンは、建築の受容には触覚と視覚という二つの方法があると述べる。触覚のモードにおいて、建築は集合体的な、ほぼ無意識の習慣を創出できるのである。

触覚的受容は、注意力の集中という手段によってではなく、習慣という手段によって行なわれる。建築に対しては、視覚的受容でさえも、おおむね後者すなわち習慣によって規定される。視覚的受容にしても、元来は注意を張りつめてというよりも、むしろなんとなく気がつくというかたちでなされるものである。建築に接することで形成されるこうした受容のあり方は、場合によっては規範的な価値をもつこともある。そのわけはこうである。歴史の転換期において人間の知覚器官が直面する課題を、たんなる視覚、つまり観想という手段によって解決することはまったく不可能なのである。それらの課題は、触覚的受容の導きによって、慣れを通して、少しずつ克服されてゆく。(Benjamin, 2002: p. 120〔ＢＣ1、六二五頁〕)

建築の受容における、触覚の視覚に対する優位性は、観察者の特殊な位置づけを示唆する。「戦艦ポチョムキン」を評価することからも明らかなように、ベンヤミンは、映画のモンタージュを、大都市の人々の動きを捉えるのに適した方法であり優れた技術とみていた、ドイツ人社会学者のゲオルク・ジンメルと彼の友人ジークフリート・クラカウアー(Sigfried Kracauer：後に映像理論の重要人物となる)の研究に感化され、ベンヤミンは、近代の大都市に誘引される集合体的な精神状態が「気晴らし」のうちにあると理解していた。この概念は、ベンヤミンの「複製技術時代の芸術作品」におけるキーワードであり、彼の後年の芸術理論の中でより広範に用いられている。しかしドイツ語**Zerstreuung**を「気晴らし」と翻訳する場合は、それは英語の用法に比べ、より本能的で身体的な意味を含み、暴力的に追い散らすという意味を示していることも強調しておきたい。そうした理解の上に立てば、ベンヤミンの建築の受容に関する概念は、建築のデザインを創出する人々ではなく、むしろ大都市の居住者たちと関係していることがより容易に見て取れよう。

実際、ベンヤミンが都市社会のダイナミズムを捉えようとする視点は、住民がその都市環境の内部で条件づけられてはいても、それゆえに特殊で自由気ままな集合体的な振る舞いを展開しているという点においてである。そうしたダイナミズムは、都市デザイナーにとっては秩序づけられ制御されたものとして映るであろう。大都市の環境がもたらす対立や、対立の解決への思いは、モダニストの建築理論や実践にも数多く見て取れる。しかし最も影響力のある近代建築家たちの多くが、実際の都市に対峙したとき、居心地の悪さや強い嫌悪感さえ経験したという皮肉については、しばしば言及されてきた。もちろんベンヤミンは、自身を建築家や都市デザイナーなどとは思ってはいなかった。しかし彼は、都市を、創造的で知的なプロデューサーの目で見ていたのである。この視点から考えると、彼は冷静な熟考という従来の姿勢では、理論はもはや創出できないということを確信していたといえる。彼はもし理論によって、ある種の実践的な衝撃をもたらそうとするなら、工業技術により可能となった日常の物質的環境の大きな変化と調和する必要があると考えていた。つまりベンヤミンは、彼の批評家としての立脚点を、分散され方向性を失った大都市という迷宮の只中に置き、こうした環境を威圧的な理論によって超越しようという誘惑に抵抗したのである。

ベンヤミンは、モスクワにおいて、近代の技術と芸術の間に決定的な邂逅がなされている現場にいることを実感していた（Curtis, 2002: pp. 201-15）。「モスクワ」の最終章において、レーニンの逝去に伴いソヴィエト共産主義の英雄的時代の終焉を認めているが、ベンヤミンは、それでも決定的な歴史的実験が進行中であるとみなしていた。ドイツの大都市――そこでは技術が闘争と戦争に必然的に結びつけられていた――に対する彼の辛辣な批評とは対照的に、モスクワでは「真の技術がもつ革命的本質は、ますます明瞭にされてゆく（Benjamin, 1999a: p. 45［BC3、二二二～二二三頁］）」。ソヴィエトの都市では、都市の近代性と、都市周縁における豊かな自然的要素――それはベルリンでは黙示録の風景として示されたが――の対立を救済するためにたどるべき道筋を提供する。

モスクワには、これぞモスクワという都市そのものだ、と感じられるような場所がどこにもない。（中略）いまだにこの都市のあちこちには木造の小さな家があり、それらの建築形式は、ベルリン周辺の至るところで出会うのとまったく同一のスラヴ風である。マルク・ブランデンブルク［ベルリン周辺の地方］では石造りの建物として、あれほど侘しげな印象を与えるものが、当地では、ぬくもりのある木材の美しい色彩でもって魅惑する。（中略）モスクワへの憧れをかきたてるものは、夜には星のきらめきを映し、昼間は花々のごとき結晶となる雪ばかりではない。空もである。というのも、低くかがみこんだ屋根と屋根のあいだから、広い平原の地平線が、つねに街のなかに歩み入ってくるのだから。（ibid.: p. 42［前掲書、二一四～二一五、訳者一部改変］）

この文章には、前近代の単純性へのノスタルジックな憧れが潜在しているとしても、その主たる感覚はベンヤミンの大都市への新たな理解が見て取れる。それゆえ、石の永続性ではなく、木材が醸し出す都市環境の脆弱さが、彼を魅了したのである。『パサージュ論』を著述する中で、ベンヤミンは彼の志向に最も沿った媒介を見出す。すなわちガラスである（Missac, 1995: pp. 147–72）。ガラスはまさに、その物質性が希薄であるという点で、非永続性という感覚を助長する。ベンヤミンが一九三〇年代に表明することになるように、ガラスの利用による技術の進展は、個人がもはや居住の痕跡を残そうとはしなくなった新しい都市を先導するのである。ガラスでなければ、幼年時代のベンヤミンが、深い恐怖とともに体験したブルジョアの室内の閉所恐怖症的感覚を、これほどうまく解き放つことはできなかったであろう。一九二九年のシュルレアリスムに関するエッセイではこう述べている。「ガラス張りの家に住むのは、この上ない革命的な美徳である。これもひとつの陶酔であり、一種の道徳上の露出主義であって、これが私たちには必要なのである（Benjamin, 1999a: p. 209［BC1、四九九頁］）」。ベンヤミンは幼年時代、祖母のベルリンのアパートのロッジアで、初めて夢みた透明性に陶酔したのである。

第2章　ラディカリズムと革命　*Radicalism and Revolution*

●ベンヤミンとシュルレアリスム

『パサージュ論』の中の「太古のパリ」の冒頭において、「シュルレアリスムの父がダダだとすれば、その母はパサージュであった（Benjamin, 1999b: p. 82［PA1、一七七頁］）」と記している。彼の書簡から明らかなように、一九二五年の夏から、ベンヤミンはシュルレアリスムとその初期の作品群に深く携わっていた（Buck-Morss, 1989: pp. 253-75; Pensky, 1993: pp. 184-210）。同年一二月二八日付のフーゴ・フォン・ホーフマンスタールへの手紙には、「話題性のある出来事、特にパリのシュルレアリストたちの書籍に関心を寄せると、私のはかない、しかしながら、おそらく浅薄ではない思考のための居場所を探し出すことが難しいことを知るのです（Scholem and Adorno, 1994: p. 286）」と述べている。シュルレアリスムと、はかなさへの関心との関連性は重要である。前章で記したように、都市環境についてのベンヤミンの理解には、そのはかなさを鋭く知覚することを含んでいる。この知覚は、それ自身二つの異なる感情の中に表される。すなわち感傷的なノスタルジーと夢心地の陶酔にである。ベンヤミンはシュルレアリスムが後者と関連することを断言している。

彼が最初にシュルレアリスムについて著した――一九二七年に発表されたが、おそらく一九二五年に書かれた――「夢のキッチュ」において、早くも技術の衰退という主題を紹介している。

技術は事物の外面イメージを、あたかも廃止されるべき紙幣のごとく、永久に無効にしてしまう。いま手は、そのイメージをもう一度夢のなかで摑み、なじんだ輪郭を別れのために辿ってゆく。手はそうしたものの最も使い古された箇所を握る。（中略）事物は、もろもろの夢に対してどの面を向けるのか。この最も使い古された箇所とはどれか。それは、慣れによって擦り切れてしまい、安直な格言でもって飾られている面だ。事物が夢に対して向ける面、それがキッチュだ。(Benjamin, 1999a: p. 3〔BC5、四二三頁〕)

一九二〇年代初頭から活動を始め、一九二四年のアンドレ・ブルトンの『シュルレアリスム宣言』の出版をもってシュルレアリスム運動を正式に表明した芸術家たちは「自動記述」を試行していた。ブルトンの精神分析的手法に関する知識からも導かれた「自動記述」は、芸術活動における自己検閲の回避という点で革命的なものであった。そうした活動により、彼らは自発的で創造的な表現を可能なかぎり追究した。初期のシュルレアリスムは、白日夢のような精神状態での活動を芸術家に促した。白日夢の中では、意識的な努力をすることなく、何ものにもとらわれずに連想しやすい。フロイトの精神分析では、合理的な自己検閲は、あらゆる状態の心理的な均衡に不可欠なものとみていたが、ブルトンは、自己検閲の行為は、彼のいう「絶対的合理主義」により一掃される物質的かつ社会的なリアリティに根ざしていると主張する。一九二四年の『シュルレアリスム宣言』において、ブルトンは次のように述べる。

経験そのものにさえ限界がもうけられているありさまだ。経験は檻のなかをあるきまわるばかりで、外に出してやることがますます困難になっている。経験は、経験もまた、直接的効用によりかかり、良識の監督をうけている。文明という体裁のもとに、進歩という口実のもとに、当否はともかく迷信だとか妄想だとかきめつけることのできるものはすべて精神から追いはらわれ、作法にあわない真理の探求方法はすべて禁じられるにいたったのだ。(Breton, 1969: p. 10〔邦訳書、一九頁〕)

シュルレアリスムを革命的な実践としてみなすことに疑念が抱かれるのは、シュルレアリスムが想像力を社会解放に不可欠なものと同一視しているからである。ブルトンが想像力について「いまこそ、みずからの権利をとりもどそうとしている (ibid.〔前掲書、一九頁〕)」と述べ、さらに「夢と現実の（中略）未来における解決は、一種の絶対的なリアリティ、「シュルリアリティ」となる (ibid.)」と述べ、それは新ロマン主義を示唆している。この新ロマン主義は、厳格に統制された物質的環境がますます広がっていく社会環境に直面し、癒やしのある妄想への退移を求めるものである。

「夢のキッチュ」においてベンヤミンは、シュルレアリスムの方法論を位置づけ、明確化している。彼は「会話の装飾」が、一九世紀中頃に生まれた世代、すなわち、ベンヤミンやシュルレアリストの祖父母の世代を、特徴づけていると述べる。そうした「装飾」への反抗から、シュルレアリスムは、芸術家の幼年期を追想し、一九世紀のブルジョアの室内や日用品を現代に呼び戻すことを思い描くようになった。歴史的に位置づけられた物質的なものへの関心は、シュルレアリストたちが真に唯物的な考えを有していたことを明らかにする。彼らは「魂よりもむしろ事物たちのあとを追う（Benjamin, 1999a: p. 4［BC5、四二六頁］）」。一九二九年に発表した「シュルレアリスム」でも、このことは繰り返されるが、使い古された一九世紀の物質的なものを再収集することは、究極的には流用を目的とするもので、「死滅した事物世界の力を私たちのなかに取り込むため（ibid.）」なのである。

前章でもみたように、ベンヤミンにとって、幼年時代を追想することは、過去の個人的な経験が現在の実存を約束するものと理解できれば、芸術的発展に関連づけられる作業となるのであった。文化的生産物に対する世代ごとの関係という、より広い文脈の中で理解するならば、ベンヤミンがシュルレアリスムの方法論に見出したのは、技術の発展による再生産という芸術的手法によって、近代の物質的環境のはかなさを補う努力であった。一九二四年に「魂の自動記述」という方法論は、ブルトンによってのシュルレアリスムの定義とされたが、それは、発展する商業資本主義によって可能となった機械的な再生産のメカニズムを批判的に利用するものであることを示す（Foster, 1993: pp. 157–

91)。したがってベンヤミンは、同時代のより生産手法に適した理論を発展させるために、一九二〇年代半ばの彼自身の視点から、シュルレアリスムを見ていたのである。

一九二〇年代終わりごろから三〇年代半ばにかけて、ブルトンは、パリのシュルレアリストたちに、革命的な共産主義と、より密接な連携をうながした。一九三五年にプラハで行われた「オブジェに関するシュルレアリストの状況」という講演で、ブルトンは、十年半に及ぶシュルレアリストとしての活動に、どのような意味があり、いかなる目標が定められていたかについて述べている。

> 今日私がその可能性を信じ、また大いに興味を持っているのは、ひとつの詩のなかで、凡庸なものであれ、そうでないものであれ、オブジェクト同士を一致化させるような試みである。より正確には、視覚的な要素が言語の間に位置し、かつそれらの要素が言語の複製ではないような詩を作ることである。(中略)全ての感覚の秩序だった散乱をうながすために、ランボーによって推奨され、シュルレアリストによって日常の秩序へ作り変えられた散乱をうながすには、私の意見では、私達は「感覚を惑わせること」をためらってはならない。(Breton, 1969: p. 263)

ここでの文脈からも明らかなように、ブルトンはモンタージュという方法を心に描いていた。これは、彼は、言語と視覚的要素を詩的な創作の中に併置させること——こうした組合せは、シュルレアリストの集合作品や個人作品に典型的なものである——をうかがわせるものである。シュルレアリスムの実践と発展のための芸術史的な背景には、写真の出現が大きく寄与していた。ブルトンは、写真の出現により、模倣的なリアリズムのいかなる美学も終焉を迎えることを明確に認識していた。しかし、単にこうした詩的イメージが衰退するのではなく、むしろ、彼は写真が、こうした詩的イメージを新たに位置づけ直す手段となるものと考えていた。ここで注意すべきは、詩的イメージの創出が、写真の「機械的」プロセスを「美学的」プロセスと対比して位置づけてはならない。むしろ、シュルレアリスムの方法により創り出されるオブジェは、写真機という複製機械それ自体のもつ集合体的なユートピア思想、あるいは「夢の様な生活」を宣言するものである。そうしたユートピア主義は、技術による生産手段そのものの利用によって可能となる救いのある集合体的な実践を示す。ベンヤミンも、一九三四年のエッセイ「生産者としての〈作者〉」において、モンタージュの手法を用いて言語とイメージを共に導入することの政治的な可能性に言及している。

われわれが写真家に要求しなければならないもの、それは、写真に標題を与える能力です、つまり、流行に侵されることによる磨滅から写真を救い出し、写真に革命的な使用価値を賦与する、そういう標題を与える能力です。このことを、われわれはしかし、われわれが——つまり、作家が——写真撮影に関わるときにこそ、最も強く要求するでしょう。従ってここでもやはり、〈生産者としての作者〉にとって、技術的な進歩はみずからの政治的な進歩の基盤なのです。別の言葉で言えば、精神的生産の過程におけるもろもろの権能――ブルジョア的な見方によれば、それらの権能が精神的生産の過程の秩序を形成する、ということになりますが――を克服することによってはじめて、この生産は政治的に役立つものに変わるのです。（Benjamin, 1999a: p. 775［BC5、四〇四〜四〇五頁］）

同時期にブルトンは、こうした過程を表現する方法として、「感覚を惑わせること」が革命的な精神を保持できると語った。プラハで一九三五年春に行われた講演「今日の芸術の政治的位置」で、シュルレアリストの実践の政治的重要性を詳述する。彼は、一九二四年の宣言でシュルレアリスムを定義づけた「自動記述」という方法は、実際のところ、個人的な美意識への後退を意味するものではなかったとする。それはむしろ、機械から切り離された自由を促進するような芸術の実践を考案するという問題への解答であった。機械とはまさに、技術によって徹底的に仲介されているような社会状況の下で、個々人を物質的に孤立化させるものだったのである。ブルトンはこう述べる、

自動記述とは、（中略）それ自体がシュルレアリスムの目的だったわけではない。これと逆のことを主張するのは、誤った教義を示すことになるのだ。詩や芸術という形式に予め変えられたエネルギーは、（中略）必ずやいつの日か、巨大な受容される器を発見するに違いなかった。そしてこの器の中からシンボルは完全に武装した姿で発現し、幾人かの作品を通じて集合体的な生

へと広がって行くのである。それは、無意識によるいかなる種類の暴力的介入も不可能にするような力の連携を覆す、すなわち永遠に覆すという問題なのである。(Breton, 1969: pp. 231–2)

同様に『パサージュ論』がもつ政治的意義を明確に示そうとする一九三〇年代中期のベンヤミンの試みもまた、芸術の創出がいかに本質において革命的なものとなりうるかを見出す努力に関係している。「パリ——一九世紀の首都」と題された一九三五年の『パサージュ論』の草案ともいえる著述において、ベンヤミンは集合体的イメージの意識化というアイデアに依拠することとなる。

新しい生産手段の形式は、当初はまだ古い生産手段の形式に支配されている(マルクス〔『資本論』〕)。集合体的意識において、そのような新しい生産手段の形式に相当するのは、新しいものが古いものと浸透しあう場となる、もろもろのイメージである。これらのイメージは願望のイメージであって、そのなかで集団は、社会的生産物の不完全さや社会的生産秩序の欠陥を止揚しようとするのだが、しかしまた、そのような不完全さや欠陥を美化しようとする。(Benjamin, 2002: p. 33〔BC 1、三三〇頁〕)

ここでベンヤミンは、集合体的意識と集合体的「無」意識の概念の間で揺れていることがわかる。後者にこそ、調和のとれた救済状態としての未来のイメージが生成している、とベンヤミンは考えている。こうした未来は、マルクスが労働者階級の革命的な実践から生ずると考えた階級なき社会とも似ている。「あらゆる時代は、それがみる夢のなかで、自分の次の時代がイメージとなって現われるのを目のあたりにする。このとき次の時代は原-歴史の、すなわち無階級社会の諸要素と結びついて出現するのである（ibid.: pp. 33-4〔前掲書、三三〇頁〕）」。同時期にブルトンが同じようにしてシュルレアリストの実践とイメージを結びつけることによって示そうとしていたのは、集合体によって意識され、それゆえに解放された感覚から生じうるような夢の現実であった。「こうした知覚は、自らを客観的な知覚であると断言する傾向のゆえに、当惑をも与える革命的な性質を備えたものである。すなわち、そうした知覚は、自らに応答するような何かを外部の現実のうちに執拗に求めているのである。（Breton, 1969: p. 278）」。このようなわけで、革命的なユートピア的願望の担い手としてのイメージは、ベンヤミンやブルトンが推し進めた各々の芸術的な生産概念の中に共通の不可欠な土台となるのである。

●『パサージュ論』と近代建築

シュルレアリスムは、父であるダダの死を通じて生まれたが、母であるパサージュは、その初期には生き残っていた。パリのパサージュに関するベンヤミンの取り組みを通してみると、母は、その第二の人生を楽しんだとさえも思えるのである。『パサージュ論』は、ベンヤミンが逝去した一九四〇年から数十年間にわたり、まるで神話のように位置づけられていたが、一九八二年にドイツで初めて出版されたことが契機となって精力的な研究が始まり、ようやく正統な位置づけを与えられることとなる。しかしながら、冒頭の「パサージュに関する仕事」において、この「仕事」という言葉から著者の代表作とみなすことは容易ではなかった。『パサージュ論』に関する資料の整理を最初に引き受け、後に挫折したアドルノは当初、ベンヤミン自身だけがそれを出版できる立場にいたと感じていた。最終的に『パサージュ論』の出版を実現した編者ロルフ・ティーデマン（Rolf Tiedemann）は、建築的な分析を行いこう述べている。

本来の『パサージュ論』として残った断片群は、建造物を組み上げる素材というように見ればよいであろう。そして、この建物はやっと見取り図ができ上がり、土台のための穴が掘られたばかりなのである。（中略）概要の中には六ないし五の章があるが、それらは、建築物の比喩をそのまま続けるならば、建物の一階から六（ないし五）階に相応するものである。土台のための穴と並んで、抜き書きがたくさん積み重ねられているが、それは壁に使われるはずであったのだろう。そしてベンヤミン自身の反省的文章は、建築物全体をまとめるモルタルの役をするはずであったと思われる。（中略）全体の建築術になじんだ読者ならば、こうした引用群のなかに読み分け入ることはそれほど難しいことではないであろう。そして、ほとんどの引用に関して、ベンヤミンがそのつど何に魅力を感じて書き写しているのか、（中略）そういったことに答えられるであろう。（Benjamin, 1999b: p. 931［ＰＡ５、二四九～二五一頁、一部改変］）

敷地上に建材を配する平面図として例えるよりも、ベンヤミン自身の好みである構造——すなわち迷宮——を提案するほうがより説得力があるかもしれない。しかし『一方通行路』の最初の章ですでに述べているように、ベンヤミンは「書物というものがもつ、要求水準の高そうな、普遍指向のポーズ（Benjamin, 1996: p. 444［BC3、一九頁］）」に抵抗していた。またティーデマンの分析に従えば、同書の別の節のタイトル「マンション、十間、高雅な家具つき」は、不吉で閉所恐怖症的なブルジョアの室内を想起させる。したがって『パサージュ論』は、建築図面を比べることでさまざまな見解を知ることができるのである。

ベンヤミンが、彼自身はもちろん読者に対しても、十分に理解できるように最善を尽くしたかは疑わしい。本書での方法は累積的で演繹的なものというよりむしろ、本質的には意図的に断片化されており引喩的なのである。『パサージュ論』におけるスケッチや著述は物質的・歴史的な主題を定義するが、これらは図面というより迷宮への進路として機能している。都市環境との邂逅において、ベンヤミンのアプローチは、それぞれの題材の個別性を強調し、静的で統合性あるものにしようとする典型的な理論的傾向を回避した。このように、意図的に「全体としての建築」を一切提示しないのである。一九世紀のブルジョアの室内への、ベンヤミンの態度を考え合わせると、『パサージュ論』が、空間へのこれまでにない理解を打破するという欲望に動機づけられていることも重要である。こうした空間理解は、批判理論に対比される、伝統的な理論の中にもみられるものではある。実際のところ、最晩年の一五年間のベンヤミンは、理論は、包括的で統合性ある図面などなくても成立するようにすべきであるという確信に駆り立てられていたように思える。それはちょうど、近代の人々が自分のまわりの物質的環境に対して、個人の痕跡を残すという感覚で住まうということをやめたことに等しい。つまり、建設において静観的な態度をとるのをやめたのである。それもノスタルジックな感傷からではなく、革命的な情熱にも似たものによって。

疑問は残る。なぜベンヤミンは、一九世紀のパリのパサージュを主とした論考に、それほどの知的な努力を傾注したのであろうか？ ベンヤミンのパサージュへの取り組みにおいて、さまざまな史料を収集することは比較的容易であったにも関わらず、主題の設定そのものが疑問である。

この疑問を解く最初の鍵は、パサージュは、決して建築的には正統的な地位を与えられなかったという、まさにその事実に見出されよう。ヨハン・フリードリッヒ・ガイスト（Johann Friedrich Geist）は、建築としてのパサージュに関する考察において、パサージュの起源と発展の経緯が不明確なものであったことを強調している。

パサージュが研究の対象になったことはない。ローマ賞の作品のテーマとして選ばれたこともない。現代の建築の教科書にも載っていない。パサージュの建築的なコンセプトは、旅行記や口伝え、そしてパサージュそのものの観察や調査を通じて、いつの間にか拡がったものである。パサージュの発展を明確に論証することは困難である。特にその最初期の記録、建築家名、平面図、そしてその建設意図に関する建設業者のいかなる文言も見つかっていないからである。(Geist, 1985: p. 64)

「一九世紀は、誰にも見られていないと思うところでは、大胆になる。」(Benjamin, 1999b : p. 154〔PA1、三五五頁〕)というギーディオン(Sigfried Giedion)の記述のとおり、建築としての近代のパサージュの起源がいかに不明瞭であるかをベンヤミンは理解していた。この記述は、一九二八年のギーディオンの著作『フランスにおける建築』に示されており、ベンヤミンは当時この書を熟読していた。そして何よりもこの書によって、ベンヤミンは近代建築の革命的な可能性に着目するようになる。本書の出版時に、ギーディオンはCIAMの第一書記の地位にあった。彼の著作では、建設における近代的な精神のはじまりは、百年前にまで遡ることが可能であることを熱烈に主張していた。

「新しい」建築の源は一八三〇年頃の工業の成立の時点に、つまり手工業が工業生産に変容した時点に求められる。その進歩やその作用の大胆さを考慮する限り、一九世紀と我々の世紀を比べる意味は、ほとんど見出せないのである。(Giedion, 1995: p. 86)

ル・コルビュジエの一九二三年の著作『建築をめざして』は、建築家の精神的な使命感を強調したものであったのに対し、ギーディオンの記述は、それとは異なる論点によるものであり、このことがベンヤミンをひきつけた。

一九世紀において、建設業者は、知らず知らずのうちに保護者の役割を担っていた。つまり、建設業者は、建築家に新たな技術を次々と押しつけることで、建築家が虚無感を抱かせないようにさせていたのである。すなわち「建設者はありきたりで集合体的なデザインを強く求める」のだ。建設業者は、建築家の大言壮語を否定し、建築家とは正反対の立場を採る。それこそが、建設業者の役割なのである。(Giedion, 1995: p. 94)

ベンヤミンは、一九二〇年代の後半から一九三〇年代初頭に、芸術作品がブルジョアのためではなく労働者階級という消費者のためのものと位置づけられた場合、芸術家の社会的機能がいかに変化するのかを明確化しようとしていた。それゆえにありきたりで集合体的な建設物というアイデアにひきつけられたのだろう。一九二九年初頭、エッセイ「シュルレアリスム」を執筆しながら、ベンヤミンは、『フランスにおける建築』を読んだときの興奮を綴った書簡をギーディオンに送った。

あなたの著作を読み進めるうちに、ラディカルな態度とラディカルな認識の間の違いを知り、

心を打たれました。あなたが例示するのは後者であり、それゆえ、あなたは現在の中にある伝統を見出すことができ、そして発見する事も可能なのです。(Benjamin, 1999a: p. 832)

近代建築と、そして一九世紀のパサージュの革命的な可能性への適切な理解は、このようにベンヤミンにとって、「ラディカルな認識」という新たなテーマとなった。前章でみたように、そうした動機は、彼が視覚芸術や映画におけるモンタージュに類似した、理論的構築の新たな方法を創り出そうとした努力と密接に関係している。ベンヤミンの方法論と彼のパサージュへの視座との間の関連については、明らかにさらなる解明を要する。

『パサージュ論』での認識の理論に関する章において、ベンヤミンは、自身の歴史哲学の鍵として、近代建築の発展に対するギーディオンの評価を再度引用している。以下の言説では、ベンヤミン自身の理論的実践が有する革命的な意図と、シュルレアリストの実践と近代建築とが直接的に結びつけられている。

(一九世紀の室内装飾は)政治的に見てきわめて重要な素材がある。それはシュルレアリストたちがこうしたものにこだわり続けていることを見てもわかる(中略)。言葉を換えて言えばこういうことである。ギーディオンは一八五〇年ころの建築から今日のそれの基調をどのように読み取るかをわれわれに教えてくれたが、それとまったく同じにわれわれは、あの時代の生活、そしてみたところどうでもいいような、今では失われたもろもろの形式から今日の生活を、今日の形式を読み取ってみたいと考えるのだ。（Benjamin, 1999b: p. 458［PA3、一七五頁］）

「一九世紀において、建造物は潜在意識の役割を果たしている（ibid.: pp. 391, 858［前掲書、一二頁］）」という、ギーディオンのさらなるアイデアと関連づけると、ベンヤミンの一連の考えは明白となる。ちょうど近代建築が、一九世紀の建設における無意識的な原則を、意識的で歴史的な任務へと変えたように、シュルレアリスムは一九世紀のブルジョアの物質的文化の革命的な可能性を明らかにするのである。『フランスにおける建築』では、一九世紀の工業構造物（橋、鉄道、駅、工場）に明確に照準が合わされていたが、ベンヤミンはシュルレアリストたちによって重視された場所、すなわちパサージュに注目するのである。

アラゴンの『パリの農夫』以外にも――それらには、ベンヤミンの書簡や『パサージュ論』のメモにおいて言及されているが――さまざまなスケッチや『パサージュ論』に収録された紹介文は、ベンヤミンがパリのパサージュを選んだ理由について手がかりを与えてくれている。おそらく、最も注目を集めたパサージュが、一～二世代のうちに流行の先端から急速にその地位を落とし、見る影もなくなったことに関係している。集合体的な執着の対象としての日用品に関するマルクス主義的分析に従い、ベンヤミンはパサージュを、贅沢品が工業製品として大量生産されるという歴史的瞬間における、消費のための類まれな空間であるとみていた。その始まりは一九世紀が三分の一の年月を経過した頃で、世紀半ばまでには、鉄やガラスの生産技術の発展により、パサージュを万国博覧会でのパヴィリオンとは異なったタイプの家庭用の大量生産品を展示する場とさせた。一九三五年版の「パリ――一九世紀の首都」において、ベンヤミンは、まず映画との関係で発展した気晴らしの理論を提唱した。日用品の大量消費と密接に結びついた知覚のあり方を提示するためであった。

博覧会は幻像を繰り拡げ、人間は気晴らしを求めてそのなかへ入ってゆく。娯楽産業のおかげで人間は簡単に気晴らしができるようになる。なぜなら娯楽産業は人間を日用品の高さにまで引き上げるからである。人間は自らを娯楽産業の操作に委ねてしまう。自己からの、そして他人からの疎外を楽しみながら。(Benjamin, 2002: p. 37〔BC1、三三九頁〕)

このようにベンヤミンは、日用品の消費を産業とした空間の原点であることからパサージュを選んだのである。日用品に関する、基本的なマルクス主義のテーゼは、人間同士の真の関係を、物同士の見せかけの関係に変質させてしまうというものである。ベンヤミンは、こうした変質を最初に起こさせたものとは何かを発見することで、このテーゼを補足しようとしている。そのようにして同様の推測をするその過程が明らかとなるのである。すなわち、芸術家が自身の幼年時代のイメージと関わっているように、政治理論家は近代的な疎外という特質と関わっているのである。双方のどちらの場合においても、いかに今日の物質的文化の中に生き残る過去を克服するか？　という単純な問いではなかった。それはむしろ強く疎外されたもの、もしくは「呪わしい」環境と考えられているものの中にいかにユートピアの痕跡を回復させるか？　という、問いなのである。

ベンヤミンによれば、『パサージュ論』は「一九世紀の根本的な原-歴史（Urgeschichte）（ibid.: p. 52）」に関わるものであった。すでにみてきたように、歴史への追想の操作はベンヤミンの方法論にとって本質的なものであった。パサージュは、彼にとっては、疎外された大衆の意識という近代的な要素が、すべてにわたって集中的に存在する場所として、彼の成熟期の仕事の中心となるのである。したがって、ベンヤミンの理論的実践の急進性は「二〇世紀の社会的病理を、その初源の一九世紀初頭に立ち戻ろう」とする彼の努力にあるのだ。こうすることによってのみ、呪わしい近代の消費空間を生み出した、その趨勢に存在したユートピア的な可能性が回復されることが期待できると、ベンヤミンは考えた。

●技術と自然の弁証法

近年刊行された論文集『ヴァルター・ベンヤミンとパサージュ論』が示すように、ベンヤミンの仕事の現代的な位置づけは多様性と折衷主義に見出せる。理論的に体系化されることをベンヤミンが拒絶したので、こうした彼の仕事の解読の手引きとなる資料が数多く提出されたことは意義のあることである。断片的な『パサージュ論』を、総合的に再構成することはかなわなかったものの、そのことは、彼が自身の意志を統合できなかったということではない。しかし、そのことは、『パサージュ論』に収集された史料からは見出せない。それはむしろ、ベンヤミンの政治的スタンスに見出せるのであり、ベルトルト・ブレヒト（Bertold Brecht）との密接な関係から、より明確にすることができる。

ベンヤミンが初めてブレヒトに会ったのは一九二九年で、ブレヒトの助手をしていたラツィスを通してであった。一九三〇年代初頭におけるヨーロッパの政治的情勢が急速に深刻化していく期間を通して、ベンヤミンはブレヒトと多くの時間を過ごしながら、芸術がプロレタリアートに奉仕することの意味を、現実的な側面から検証するようになった。これまで交流した重要な人物と同様に、ブレヒトとの交流からも、ベンヤミンは、かねてより形になりつつあったアイデアを明確にし、洗練化させることができた（Wolin, 1994: pp. 139–61）。しかしブレヒトとアイデアを洗練化する行程は、これまでにない有意義なものであり、その後も長く続くものであった。こうした交流は技術と自然との関係を大きく考え直す結果をもたらした。そして、芸術的な実践にいかに革命性を持ち込むかについてのベンヤミンの理解に反映された。芸術、政治、技術、そして自然という四者に分けるという発想は、ベンヤミンの思考の急進性を示すもう一つの特徴である。

一九三一年五月と六月の日記からは、ベンヤミンが当初、ブレヒトのアイデアをどのように受け止めていたかが読み取れる。ベンヤミンの近代建築への評価の基軸として重要なことは、ブレヒトの最初の詩集『都市生活者のための読み物（Reader for City dwellers）』で繰り返された「痕跡を消す」という記述への、彼の反応に示されている。ここでベンヤミンは、後年度々たち戻ることとなる立脚点を明確にする。その立脚点とは、本書において示されるベンヤミンの建築に対する見解を考慮すれば重大な役割を担っているのである。

バウハウスの家具のあいだで可能なのは、実際、〈居住する（Hausen）〉ということだけである。ブルジョアの住居の〈室内〉は居住者に、さまざまな習慣を最大限身につけるよう強いる。（中略）最新式の建築様式（つまり、バウハウスやシェーアバルトが提案した様式が、——この様式について、たとえ他の点でどう言われようとも——痕跡を残すことの困難な部屋（だから、ガラスと金属がとても重要になった）、習慣を身につけるということをほぼ不可能にした部屋（だから、これらの部屋はがらんとしていて、位置をずらしさえできることもしばしばなのだ）を、実現させたのである。（Benjamin, 1999a: pp. 472-3［ＢＣ7、一三六〜一三七頁］）

住まうこと（ドイツ語でwohnen）と、単に暮らすこともしくは居住（hausen）との対比は、一九世紀のブルジョアの室内に言及した『パサージュ論』の章で重要なものとなる。これに関するより詳細な検証は次章で行うが、それは同時に、ベンヤミンが自然と技術の関係をどのように理解していたかという、目下の問題に直接関連するものでもある。ベンヤミンによる近代技術への見解がラディカルであるのは、根底から人間の本性や自然を作り変える力を近代技術に求めていたからである。このことはしかしベンヤミンが環境決定論に安易に従っていたことを意味しない。結局のところ、技術とは、物質的なメカニズムとその効果とを不可避的に伴うものであるが、一方で、それ自身が自然環境を人間が変質させた結果なのである。要するにベンヤミンは、環境と社会的な構造は相互に結果をもたらすものと理解していた。前章でみたようにベンヤミンにとって、物質的文化とは常に歴史の尺度を測るものであり、この尺度は二つの基準に対応していた。すなわち、過去を振り返る「カタストロフィー」的基準と、現在における救済の可能性を示唆する「ユートピア」的基準である。

『一方通行路』に戻ると、ここではベンヤミンの自然と技術の関係への理解がより明確である。同書の最終章「プラネタリウムへ」では、第一次世界大戦における近代技術の急速な発展から破壊的な最後について考察している。同世代の多くの人々に精神的苦痛をもたらした、未曾有の惨事の中においても、ベンヤミンは救いある変容への可能性を見出しており、謎めいた分析を行った。

自然を支配することが、あらゆる技術の意味である、と帝国主義者は教える。だが、大人による子供の支配が教育の意味である、などと公言して鞭を振り回す教師を、誰が信用したがるだろう。教育とは何よりも、世代と世代の関係に必要不可欠な秩序であり、従って、もし支配という言葉を使いたければ、子供を支配することではなく、世代間の関係を支配することではなかろうか。同様に技術というものもまた、自然を支配することではなく、自然と人類との関係を支配することなのだ。(Benjamin, 1996: p. 487〔BC3、一三九頁〕)

詩的イメージを形成するためになさねばならないことは、すでにみてきたように、幼年時代を過ごした環境からユートピア的痕跡を想起することである。ベンヤミンにとってそれは、彼の両親や祖父母の一九世紀のブルジョアの室内である。ベルリンについての記述のとおり、彼の幼年時代は、労働者階級に蔓延していた貧困から保護されていた。青年期に、彼が初めてベルリンの労働者の居住地区に足を踏み入れるようになったのは、娼婦を求めてのものであった(Benjamin, 2002: pp. 404–5)。『パサージュ論』においてベンヤミンは、娼婦が、日用品への強い執着や疎外を象徴する存在であるという考えを特に強く打ち出した。こうした考えを「パリ——一九世紀の首都」において鮮明に表明した。ここで彼は、消費の対象としての娼婦について、「売り子と日用品を一身に兼ねる(Benjamin, 2002: p. 40〔BC1、三四八頁〕)」ことに着目する。

娼婦は、近代の生産社会において、一九世紀以降の労働者階級の間で激しく急増する疎外の象徴的な存在である(Buck-Morss, 2006)。こうした疎外の状況の大部分は、技術的な進展により機械化され、大量生産が可能となったことからもたらされたものである。一方、ブルジョアの「帝国主義者的」な視点によると、技術は自然を征服するものであったが、一九世紀以降の労働者階級にとっては、工業技術とは、彼らの仕事場や仕事の手法ひいては彼らにとっての「本性や自然」に変質をもたらすものだったのだ。これに従うと「自然の征服」とは、実際には無産階級への弾圧なのだ。技術の進歩は常に多数派の社会的階級に還元されるべきものだと思われるかもしれない。他方で「プラネタリウムへ」におけるベンヤミンの考察は、社会の調停という全く別の可能性である。しかしこうした可能性も歴史的な必然であることが示されている。

なるほど種としての人間は、何万年も前から、その発展の終わりに達している。しかし種としての人類は、発展の始まりに立っているのだ。そうした人類にとって、技術というかたちで、ひとつの身体（ピュシス）が組織されるのであり、この身体において、人類の宇宙との接触が新たに、そして民族や家族におけるのとは違う仕方で、形成されてゆく。（中略）真の宇宙的な経験の戦慄は、私たちが習慣的に〈自然〉と呼んでいる、あのちっぽけな自然の断片とは結びついていない。この前の戦争における壊滅の夜々、人類の肢体を、てんかん患者の幸福感に似た感情が揺さぶった。戦争に続いたいくつかの反乱は、新たなる肉体を、人類の力のもとに置こうとする、最初の試みだった。プロレタリアートの権力の状態は、この肉体がどれだけ健康になっているかを計る尺度である。（Benjamin, 1996: p. 487［BC3、一四〇頁、訳者一部改変］）

近代の技術と自然との関係に関するこうした記述は、ベンヤミンにとって一九世紀の物質文化を理解するために示した、破滅的なリアリティとユートピア的な可能性の二極を表したものである。この二極を、ベンヤミンの不確かさや曖昧さを示すものとして捉えてはならないだろう。彼は単に、技術は良いようにも悪いようにも用いることができるといった、常套句を述べているのではない。彼が言いたいのは、技術によって、人間の「本性」がいかに根本的に変わってしまうかを考慮しない限り、技術とは、人間の目的を果たすための手段であることを適切に理解することはできないということである。このようにベンヤミンは、マーシャル・マクルーハン（Marshall McLuhan）が一九六〇年代に広める見解、すなわち生産や再生産を行う技術的なメディアは、人間の身体とその社会的なイメージの再表象もしくは「延長」であるという理念を予見していたのである。近代技術のユートピア的な可能性に関する問題は、ベンヤミンにとって、本来は技術の問題ではなく政治的実践の問題なのである。

●近代技術の逆行性と進歩性

技術への理解について、ベンヤミンと彼と同時期のドイツの哲学者マルティン・ハイデッガー（Hannsen, 2005）を比較することは有益である。ここ数十年の間、ハイデッガーの建築の実践や理論に関心が向けられてきたことからも（Frampton, 1995; Harries, 1998; Sharr, 2007）、この比較は極めて適切なものである。ベンヤミンとハイデッガーの間には、数多くの大きな接点があった。彼らはともに、ドイツのフライブルク大学で新カント主義の哲学者ハインリヒ・リッケルト（Heinrich Rickert）

に学んでいる。一九一三年に、ベンヤミンがフライブルクで学んでいた頃、ハイデッガーは、「住まうこと」について、学者で思想家のドゥンス・スコトゥス（Duns Scotus）に関する研究をしていた。二人とも二〇世紀初頭のドイツやオーストリアの詩にひかれていた。ハイデッガーの場合、ゲオルク・トラクル（Georg Trakl：彼は若い頃のルートヴィッヒ・ヴィトゲンシュタイン（Ludwig Wittgenstein）から部分的に経済的支援を受けていた）の作品に特に魅せられていた。ベンヤミンが夢中だったのは、若干上の世代のオーストリアの詩人、シュテファン・ゲオルゲ（Stefan George）、フーゴ・フォン・ホーフマンスタール、そしてカール・クラウス（Karl Kraus）といった面々である。両者が一致していたのはリルケの作品を高く評価していたことだ。しかしながら、このような共通点があったものの、年を経ていくにつれ彼らの思考の相違はより顕著なものとなっていった。現代の文脈において最も重要な点は、ベンヤミンが骨の髄まで染み込んだ大都市主義（メトロポリタニズム）であったのに対して、ハイデッガーは揺るぎない地方主義という正反対の立場であったことである。

ハイデッガーの一九五一年の『建てる、住まう、考える』は、技術、空間、そして建築への、彼の理解を検証した主要な著書とされる。ハイデッガーは、同書の冒頭において彼自身は、建築の実務とデザインに関して何ら論じる立場にはないと、読者に注意喚起しているが、それにもかかわらず、批評家は言葉の端々からそれを読み取ろうとした。目下の文脈における関心は、そういった解釈や応用の試みを問題化することではなく、ハイデッガーの立場の好対照として、ベンヤミンをよりはっきりと位置づけられることである。ハイデッガーは『建てる、住まう、考える』において、住まうために、私達は建てなければならないという、何ら差し障りないような理念へ疑問を投げかけることから始める。建物（building）のドイツ語にあたる「Bauen」に関して、語源学を根拠とする深い洞察を通して、ハイデッガーは、「建物（building）」は、実際は「在ること（to be）」であり「建物こそ真の住まいである」という結論に達する。したがって、住まうために建てるという考えに反して、ハイデッガーは、住まうことが実際のところ建てることを可能にしていると主張する。彼は自身の主張の要点をまとめ、読者を喚起している。

「われわれは、ただ住まう能力をもつかぎり、建てることができる」。

今しばらく、シュヴァルツヴァルトの農家のことを考えてみよう。それは、二百年前にはまだ、農夫が「住むこと」（という営み）によって建てられていた。この農家をそこに構えたのは、あの切実な力である。その能力が、大地と天空、神的なものと死すべき者を〈ひとつの襞として〉さまざまな物に滲み込ませた。その力強さが、北風から護られた南向きの斜面、泉に近い牧場の間に、この家の位置を定めた。その力強さが、この農家に、広く突き出た柿葺きの屋根を与えた。その大屋根が、程よい傾きで雪の重みを担い、深く垂れ下がって、長い冬の夜の嵐から内部の部屋を護っている。この力は、家族が寄りそう食卓の奥に、聖像を安置する片隅を忘れてはいない。部屋の中には、出産の寝台やトーテンバウム――そこでは、棺のことがそう呼ばれる――のための聖なる一隅が設けられる。そのようにして、老いも若きもひとつの屋根の下で年月を過ごす刻印が描き出される。ひとつの手仕事が、道具や足場――これもまた、物として――を用いてこの家を建てたが、その手仕事そのものも、そこに住まうことから生み出されたのである。(Heidegger, 2008: pp. 361-2［邦訳書、四二～四三頁］)

同様の文章が、「芸術作品の起源」――そのオリジナルは一九三五～三六年のハイデッガーの複数の講義録による――にも認められる(つまり、ベンヤミンの芸術作品に関するエッセイと同時期のものである)。このエッセイでハイデッガーは、二〇世紀初頭のさまざまな前衛芸術運動により生み出された芸術作品の革命的な転換については黙殺している。同様に、上記の『建てる、住まう、考える』では、工業化以前のシュヴァルツヴァルトの農家を典型として取り上げ、それが自然の理にかなった構造であることを強調する。こうした描写は、明らかに人工物と自然との調和、時間を超越した調和を示す住まう場としてのイメージを提示しているのである。ちょうど、ハイデッガーによる一九三〇年代中葉以降の芸術作品についての分析が、ベンヤミンの同時代のエッセイ「技術による再生産」の中心的なテーマを考慮の対象外にしたのと同様に、ハイデッガーの住まいへの関心は、一九二〇～三〇年代の近代建築の支持者が受け入れた、建設における革命を意図的に無視するものであった。

一九二七年から着手した『存在と時間』というハイデッガーの主要な著作において、西洋の思想の伝統に内在する、人間の本性に関わる本質的な概念すべてを否定したにもかかわらず、彼の後年の住まいに関する検証では、近代の歴史的状況をほとんど踏まえてはいない。その結果、彼の住まいに関する思想は、近代技術や建築による社会への影響を理解する上ではあまり貢献しなかった。それとは全く対照的に、ベンヤミンは、生産の近代化による、社会組織の変革を分析し、技術と自然とを弁証法的に理解しようすることで、その思想はより深遠なものとなった。少なくともこのようにしてベンヤミンは、ハイデッガーの問題提起に対して、自身との決定的な差異を見出したのである。ショーレムへの手紙でも、『パサージュ論』の分析のためにマルクスの唯物史観を理解する必要があることについて、ベンヤミンは次の言説を残している。「この点においてこそ私はハイデッガーと出会うだろう。そして私は我々二人の全く異なった歴史観がぶつかり合い火花が飛び散ることを期待する(Scholem and Adorno, 1994: pp. 359-60)」。ベンヤミンは、『パサージュ論』の歴史と物質的文化を扱った章で、自身の見解を詳しく述べている。

より高次の具体性、頽落の時代の救済、時代区分の修正といった特徴を、全体としても個々の点でも有している新たな歴史的思考は、いままさにそうした岐路にさしかかっている。この思考が反動的な意味をもつものか革命的な意味をもつものかの評価が、いま決定されつつあるのだ。この意味において、シュルレアリストの著作類とハイデガーの新著には、この二つの解決可能性をめぐる同一の危機［裂け目］が現われている。（Benjamin, 1999b: pp. 544-5［ＰＡ３、三九二頁］）

ここにおいて明らかなのは、ハイデッガーが反動の側に、シュルレアリスムが革命の側に位置づけられているということである。「生産者としての〈作者〉」においてベンヤミンは、ハイデッガーのノスタルジックで退行的な立場に明確に反対する態度をとり、近代芸術を進歩的な政治的立場から理解し、利用すべきだと指摘した。これによってベンヤミンは、ブレヒトの異化作用（Umfunktionierung）という概念と明確に軌を一にすることとなるのである。ベンヤミンが写真に着目し、作家たちに写真が生み出すイメージを理論化するように呼びかけたことについてはすでに述べた。これは、技術の進展によって、芸術家が生産者という役割を担うように革命的に変容したことへの確信にうながされたものだ。モンタージュの実践が、「忌まわしい」日々の物質的文化を、高等芸術の「聖なる」領域へ昇華させることを可能にしたように、近代の芸術は、近代技術によって生産されねばならない。先の引用の後、ベンヤミンは続ける。

> したがってここでもやはり、〈生産者としての作者〉にとって、技術的な進歩はみずからの政治的な進歩の基盤なのです。別の言葉で言えば、精神的生産の過程におけるもろもろの権能——ブルジョア的な見方によれば、それらの権能が精神的生産の過程の秩序を形成する、ということになりますが——を克服することによってはじめて、この生産は政治的に役立つものに変わるの

です。（中略）〈生産者としての作者〉は、プロレタリアートとの連帯を知ることによって、まさにそれと同時に、以前は彼に多く訴えかけることのなかった、なんらかの別種の生産者たちとの連帯を知るのです。（Benjamin, 1999a: p. 775〔ＢＣ５、四〇四～四〇五頁〕）

ベンヤミンは芸術作品に関するエッセイにおける映画への言及の中で、こうした芸術家と労働者階級との連帯についてより明確に示した。ここでベンヤミンは、モスクワへの訪問を契機に熟考した、映画のもつ革命的な可能性について極めて詳細に述べている。近代の映画が、「現実に器械装置を徹底的に浸透させる」（Benjamin, 2002: p. 116〔ＢＣ１、六一六頁〕）方法について述べたベンヤミンは、「グロテスク映画を前にして進歩的な反応を示すその同じ公衆が、シュルレアリスムを前にしては後進的な公衆にならざるをえない」（ibid.: p. 117〔前掲書、六一八頁〕）と述べる。ちょうど「プラネタリウムへ」で、近代戦争における技術の利用が、人間の新しい「身体」と連動されていたのと同じく、この芸術作品のエッセイにおいてベンヤミンは、映画という近代の媒体に、社会的・政治的に進歩的な可能性があるとみていた。

映画の社会的機能のうちで最も重要なのは、人間と器械装置のあいだに平衡を作り出すことである。この課題を映画がどのように果たすかといえば、それは決してたんに人間が撮影器械のために自己を表現する仕方によってではなく、むしろ人間が撮影器械の助けをかりて、自分のために周囲の世界を表現する仕方によってなのである。映画は、周囲の世界にあるいろいろなものをクローズ・アップし、私たちになじみの小道具の隠れた細部を強調し、レンズの独創的な使用によって卑近な生活環境を徹底的に調査し、そうすることで一面では私たちの生活を支配しているもろもろの必然性をよりいっそう理解させてくれ、他の面では広大な規模の、これまで予想もしなかったような、私たちに自由な活動の空間を約束してくれることになる。(ibid.: p. 117〔前掲書、六一八~六一九頁〕)

近代の大都市が、映画的なモンタージュによって、より理解しやすいものになるという、ベンヤミンの考えについては前章で述べた。ベンヤミンが、建築と映画に共通する主たる特徴として、集合体的な受容という点をあげていたことにも言及した。最後に、ベンヤミンの「気晴らし」という概念や、ブルトンの知覚的な「当惑」という理念は、近代の物質的環境に社会を適応させるという共通の課題を示している。ベンヤミンは映画によって「人間と器械装置のあいだに平衡を作り出す」と述べたが、ここからは技術がもたらした集団阻害という考えが思い浮かぶ。しかしながらこれに続く言葉で明らかにされているように、この根底にある考えは、近代技術は、人間の知覚と物質的環境を調和させるように機能しうるということである。このことは、ベンヤミンにとって、近代技術こそ、人間社会と物質的環境とを弁証法的に関係づける重要な媒介となることを示している。したがって、ベンヤミンの思考に見出される革命的なラディカリズムは、文化的な生産における実践には、それを集団の救済という目標のために、進歩的なやり方で結び合わせることができるという考え方にある。

●建築のモダニズムと形態の政治学

ベンヤミンのユートピア主義を一九六〇年代に加速したモダニズムへの深い幻滅に照らし合わせると、彼の観点の現代との共鳴や関係性は、一見すると疑わしいものであるように思われるかもしれない。『建築神話の崩壊（イタリア版の初版は一九七三年）』において建築史家で理論家のマンフレッド・タフーリは、建築のモダニズムは、単に当時の経済的・政治的課題に形態的な解決を付したに過ぎないものと理解すべきであると主張した。

> 一九世紀の四〇年代初頭においては、現実主義的なユートピアとユートピア的な現実主義とが、互いにオーバーラップし合っていた。やがて顕著にみられるようになるユートピアの衰退は、利潤の法則によってもたらされた、物質主義に対するイデオロギーの屈服を意味するものであった。だがしかし、建築・芸術・都市のイデオロギーは、理想的な総合を通して人間の全体性を回復しようという方法、つまり秩序を通して無秩序を包括することのできる形態のユートピアを目指すことによって、その道が残されたのであった。(Tafuri, 1976: pp. 47–8［邦訳書、五七頁］)

タフーリにとって、「形態のユートピア」は社会的・政治的な後退であるが、二〇世紀の最初の三分の一の時期においては文化的な前衛の根底をなしていた。シャルル・ボードレールやゲオルク・ジンメルが、心理的なショックを与える環境とみなした近代の大都市について、極度に刺激的な分析を行ったベンヤミンの思想を繰り返し引用しながら、タフーリは初期の著作で、形態と平面図とは近代建築による近代都市への埋め合わせ的な対応であると主張する。近代建築の形態は都市の混沌を秩序あるものへと変容させる。タフーリは、形態のイデオロギーによって、近代の建築と都市計画が、初期の前衛運動の熱狂を現実のものに変換させるとみなした。

> この時点においてこそ建築は表舞台へと登場してきたのであるが、それは、歴史的な前衛の要望をすべて吸収し、それを乗り越えることによってである。そして実際は、それらの要望を危機にさらすことによってであった。なぜなら、建築だけが、キュビスム、未来主義、ダダ、デ・スティル、そしてすべてのさまざまな構成主義や生産主義が創り出した要望への答えを提出できる立場にいたからである。(Tafuri, 1998: p. 20)

しかしながら実際には、乗り越えることのようにみえたものは、前衛のユートピア主義にとって、「(生産的な)活動そのものに内在する(ibid.)」、「デザイン」のイデオロギーであると実質上気づくことに等しい。このようにして近代建築は、救済を目的としながら前衛芸術のユートピア的な熱望を吸収し、構築物として具現化させるのである。タフーリの近代建築批評の長所がいかなるものであれ、芸術についてのベンヤミンの政治的なラディカリズムが別の道をとることは明らかである。前章でみたようにベンヤミンが抱き続けたラディカルな関心は、芸術生産の進歩的で政治的な側面に向けられていたのである。

ベンヤミンの著述からは、都市環境に関する鋭い感受性が見て取れるが、ここでの彼の経験は、今まさに起こっている大変動と将来的に起こりうる救済との間のダイナミックな対立の中で保たれていた。彼は救済の痕跡を、鉄やガラスといった近代の建設材料の使用から明確に見出していた。しかしすでに述べたように、ベンヤミンは、近代建築において特徴的な環境決定論には歩調を合わせていない。ベンヤミンの著述では、彼のギーディオンへの心酔ほどには、進歩的な芸術生産という自身の発想と近代建築との密接な、あるいは特権的な関係についてはほとんど明確に言及されなかった。こうした特権が与えられていたのは写真であり、さらには映画であった。ただし、芸術と自然、あるいは技術と社会との革命的な結合へのベンヤミンの理解が、さまざまな建築の理論や実践に貢献していることは疑いがない。これらの試みの中のいくつかは、ベンヤミンのモダニズムの分析へのさらなる検証を通じて明らかにされよう。

第3章 モダニズムと記憶 *Modernism and Memory*

●モダニティとモダニズム

第1章と第2章では、都市環境をめぐるベンヤミンの経験や理論的方法を、近代の生産や芸術と照らし合わせて革命的なものと位置づけるための、彼の評価の輪郭を示した。一方で本章の主題は、ベンヤミンのモダニティに対する評価、なかでも一九世紀から二〇世紀初頭の、芸術や建築におけるモダニズムに対する評価である。ベンヤミンは、二〇世紀初頭の近代建築にみられる先駆的な精神を称揚してはいたが、一方で進歩主義にみられる修辞学的側面に対しては、いささか懐疑的であった。この修辞学的色合いを和らげるために、ベンヤミンは、ギーディオンが一九世紀半ばまで遡ってモダニズムを定義した方法にならった。この文脈において、ベンヤミンのシャルル・ボードレールについての徹底した研究は、彼が言うところの「一九世紀の基本的な歴史」を再構築するための概要を提供してくれる。

ボードレールが一八六三年のエッセイ「現代生活の画家」で著した、モダニティに関する記述は、現在では教義のようなものになっており、モダニズムのより具体的な主題を論じるための拠り所となる。「「モダニティ（近代性）」とは、はかないもの、つかの間のもの、偶発的なものを意味し、これが芸術の半分をなし、他方の半分は、永続的で不変のものである（Baudelaire, 1964: p. 13）」。こうしたはかなさの経験が、ベンヤミンの数多くの著述の源泉となっているようである。第1章では、このことが、ベンヤミンの幼年期の物質的環境に対する評価に影響を及ぼしていたかを示した。しかしながらベンヤミンは、一九三〇年代の著述において、物悲しくノスタルジックに都市環境のはかなさを描写するのではなく、むしろ、衰退そのものの中に見出せる、社会を変容させるほどの潜在的な力を表現しようとしていた。技術による生産活動の進化は、歴史的・社会的な断絶をもたらすものであることを、同世代の人々同様にベンヤミンも理解していた。デヴィッド・ハーヴェイ（David Harvey）の著書『パリ――モダニティの首都』は、ベンヤミンの『パサージュ論』の草稿段階のタイトルを意図的に模したものである。ハーヴェイは冒頭で、モダニティが一般的に歴史的には不連続なものであることを指摘する。

モダニティの「神話」の一つに、過去との根本的な決別を表明したことが挙げられる。この決別はおそらく、過去を参照せず、あるいはもし過去が障害となるなら、その痕跡をなくすことによって、新たなものを刻印できるタブラ・ラサ（白紙の状態）として、世界をみることを可能にする、そうした秩序をもたらした。私はモダニティについてのこうした考え方を「神話」と呼ぶ。なぜなら根本的な離反が、起こらない、起こり得ないという、ある程度の説得性と普及性を有しているからである。(Harvey, 2003: p. 1)

ベンヤミンもまた、このように前近代とは全く無関係で、歴史的に断絶したものとしてモダニティを語ることを拒否したのだろう。この点において、彼とハーヴェイは、近代主義者たちが抱く自己認識の中のある種の傾向には相容れない。建築のモダニズムを代表する著述である、ル・コルビュジエの『建築をめざして』は、その傾向がうかがえる最たるものであるが、そこでは根本的な変化についての修辞が徹底的に用いられている。このことは、ル・コルビュジエでさえも、伝統に対しても同様に重視してきたことの証しである。実際、『建築をめざして』は、社会的・政治的には明らかに反革命的なのである。ベンヤミンにとって技術革命は、社会の進歩的な変容と関連づけることによって、真の重要性をもつものであった。これは、ベンヤミンが、社会的・政治的な変容は、単純に建設技術の革命によるものと考えていたということではない。

建設技術の変化が社会に影響を及ぼすまでには時間を要するため、後年の世代は、そのような変化に政治的な意味づけをしなければならないと、ベンヤミンは考えていた。これによって、ベンヤミンの言説から、モダニズムの明確な理論を直接見出すことは困難になった。そのような理論は「構築される」必要があるのだ。そこで理論の構築のために、ベンヤミンが著作で繰り返し言及した二人の建築家に特に注目する。ル・コルビュジエとオーストリア人で最初のモダニストのアドルフ・ロース（Adolf Loos）である。二人は、社会的には保守の立場であったので、ベンヤミンにとっての彼らの重要性を理解するためには、著者である彼らの意図と基本的には逆の視点から、彼らの著作を読まねばならない。

ロースとル・コルビュジエの視点の共通性は、彼らの著述の中に明白に示されている。それらは、当時の建築の学校における定説への異議申立てであった。この傾向は、ロースの著述においてよりはっきりしていた。彼は建築の教育を正式に終えることなく、当時は建築家あるいはインテリア・デザイナーと同様に、エッセイストとしても知られていたのである。後に、『虚空へ向けて（ドイツ語でIns Leere Gesprochen）』にまとめられた、ロースの初期のエッセイが初めて出版されたのは、まさにウィーン・ゼツェシオンが、近代の時代精神にふさわしい表現として受容されていた時期にあたる。ウィーン・ゼツェシオンの建築のデザインの主導者オットー・ヴァグナー（Otto Wagner）がデザインした室内を取り上げながら、ロースは機能・様式・社会・歴史の発展の関係について述べている。

例えばヴァグナーの寝室にある椅子は、すばらしいものだろうか？　私にとってはノーだ。座りづらいからである。おそらく誰もがそう感じるのではないか。（中略）これらの椅子はギリシャの椅子のような形につくられている。しかし何千年もの間に座り方や体を休める術というものは大きく変わってきた。そしてこれからも変わり続けるだろう。さらにあらゆる民族や時代によって座り方は異なるものだ。(Loos, 1998: p. 64〔邦訳書、一〇四頁〕)

これらの言説は、ボードレールのいうモダニティ――それは、実験的で革命的な同時代の共通概念というよりは、絶えず移り変わるという歴史的状況の特性――への感覚に沿うものである。同時に、ロースは健全な生産であるかどうかの決定的な評価基準として実用性を主張する。すなわち、

すべての椅子は実用的であるべきだ。もし、実際に実用的な椅子だけをつくることになれば、室内装飾家の力を借りずに、自分たちで、完璧に家の調度を整えるまたとないチャンスとなるだろう。完全な家具が完全な部屋をつくるのだ。詰め張り職人、建築家、画家、彫刻家、装飾家らには、豪華な部屋ではなく純粋に居住空間を請け負っている限り、完全で実用的な家具だけを取り扱ってほしい。(ibid.: p. 66〔前掲書、一〇六頁〕)

ウィーン・ゼツェシオンとは反対に、アーツ・アンド・クラフツの原則の中にロースがみたものは、近代の生産体制からは根本的に外れたものであり、それは彼にとっては軽蔑に値するものだった。十年後に結成されたドイツ工作連盟に対してもロースは批判的であった。彼は、「良きデザイン

の原理は時間を超える」という信条に従った生産の試みを、根本的に矛盾したものとみなしたのである。彼は「工作連盟は、我々の時代の様式でないものを、永久に存続するものとして作ろうとする。それは誤りだ（ibid.: p. 163［邦訳書、八三頁］）」と、簡潔に述べている。最も名声を博したエッセイ「装飾と罪悪」（一九〇八年から）において、彼は自身の数々の批評の基礎をなす原則を明文化する。「文化の進化とは日常使用するものから装飾を除くということと同義である（ibid.: p. 167［前掲書、九二頁］）」。この原則を根拠として、ロースは、「ユーゲント・シュティール」の建築やデザインの動向を、技術の発展した機械生産の時代において、手工芸の原則を再導入するものとして酷評した。

ベンヤミンは、「ユーゲント・シュティール」に固有の退行的な傾向を見出す際に、ロースの批評を取り上げた。ロースに対してベンヤミンが親近感を抱いたのは、ロースがモダニティを、近代独自の様式としてではなく、むしろ日常の物質的文化の中に表れた、文化的変化のはかない痕跡というボードレール的な感覚として理解していたからである。ロースは一九〇八年には工作連盟に反対し次の考えを表明する。

我々が日常目にし、使用する車やガラス食器、光学器械や雨傘やステッキ、あるいは旅行鞄や馬具、あるいは銀製のシガレット・ケースや装身具、それに宝石等の装飾類や洋服、これらはみな近代的だ。これらが近代的であるのは、これまで専門職人ではない者が、いわば門外漢が仕事場に首を突っ込もうとしなかったからである。考えてみると、確かに我々が生きているこの時代の文化的な所産は、芸術とはなんら関連性をもっていない。(ibid.: p. 155［前掲書、八〇頁］)

その後ベンヤミンは驚くべきことに、ル・コルビュジエにも共感を示している。『建築をめざして』の独特な記述において、ル・コルビュジエは、ロースによる機能の重視とモダニティが日用品にこそ表現されるべきであるという主張を結びつけた。

われらの現代生活、すべての活動がそれらをつくり出した。(中略) つくられた物は衣服、万年筆、シャープペンシル、タイプライター、電話機、素晴らしい事務机、サン・ゴバンのガラス、「改良式」式鞄、ジレットのかみそり、イギリス式パイプ、山高帽、リムジン型自動車、船舶と飛行機。

われわれの時代は毎日、その様式を決めつつある。ここ目の前にあるのだ。もの見ない目。

(Le Corbusier, 2007: pp. 151-6［邦訳書、八五頁］)

ロースとル・コルビュジエが共有していた、モダニティという概念がはらむ矛盾は、現代における生産行為のあり方に対立を生んだ。つまり、いわゆる「芸術的な」建築の実践を否定する建築デザインであり、名の知れたデザイナーを拒否するデザインである。この矛盾は、アカデミックな規範や過去の遺産を乗り越えようとした前衛芸術において特有のものである。しかし、こうしたモダニティの感覚に重要なのは、無意識の中に潜む、物質生産の集合体的プロセスへの訴求力である。この二人の建築家は、モダニティは数多くの日用品の中に自身を表現していることを認識しており、その意図が明確に伝わることで、英雄的な行為となることを自覚していた。同時に、工業化以前の手工芸を回復させようとする試みを否定し、大規模な機械生産がもたらす精確さと匿名性を真に進歩的だと捉えた。特にル・コルビュジエは、初期の著作で、幾何学的なプロポーションという時代を超えた普遍的教義へ回帰しつつ、革命的な構築を主張するという逆説的な言明も提示している。こうした革命性と保守性との興味深い統合は、『建築をめざして』において明確に語られる。

至る所から起こる反応に不安を感じている今の人々は、一方では規則的に、合理的に、明確に進められている世界を持ち、純粋な形で、有用にして有効な品々が生産されているのに、他方においては敵意を含んだ古い枠の中にあって当惑しているのだ。この枠は、彼の巣である。彼の町である。彼のいる道路、家屋住戸であり、彼の前にたちはだかり、（中略）命令ともいえる現代の精神状態と、それと旧来の残骸の窒息させられそうな在庫品との間に大きな齟齬が支配している。（中略）

建築か、革命である。

革命は避けられる。（ibid.: p. 307［前掲書、二〇七〜二〇八頁］）

ここでの明らかな反革命的な姿勢は，当時の状況を踏まえて理解されるべきものである。すなわち，ヨーロッパは，ロシア革命や第一次世界大戦の影響により混乱した政治的状況にあったのである。ボードレールの美学的なモダニティの感覚が，一八四八年にヨーロッパ中で起きた，民主の反乱がもたらした新たな政治的意識に強く影響を受けたように，ル・コルビュジエの建築的モダニズムの理念は，革命が目前に迫ったかのような時代の空気への反応が深く刻まれたものなのである。それとは対照的に，ベンヤミンにとっては前衛芸術と革命を志向する政治との連携を十分強化することが急務であった。こうしたことからも，この時代にベンヤミンは，ル・コルビュジエの建築的ピュリスムではなく，全く立場を異にしたシュルレアリスム運動を支持した。

●社会的な避難所としての室内

ロースとル・コルビュジエが，モダニティとモダニズムを基本的にデザインや生産技術の視点から捉えていたのに対し，ベンヤミンの視点は，工業製品によりもたらされた物質的あるいは視覚的な社会状況にあった。ベンヤミンが，モダニティの評価において大いに参照したのは，ゲオルク・ジンメルによる先駆的な社会学の知見である。ジンメルが一九〇三年に発表した「大都市と精神生活」における大都市の分析から，近代的な都市環境が人々にもたらした衝撃の大きさを推測することができる。ジンメルのエッセイは，フェルディナント・テンニース（Ferdinand Tönnies）による，コミュニティと市民社会との対比にならって，田舎または小さな町での生活と大都市での生活を比較した。

前者は基本的には個人的で感情的な性質を有し、後者は非個人的で理性的なものとされている。大都市の環境は、田舎や小さな町よりも、特に複雑で変化しやすいという事実を考えると、大都市の居住者は止むことのない外的な刺激を選別して取り除くことが主たる関心事となる。これによりジンメルが「無関心」と形容した大都市の人々の気質を生み出したのだ。彼ら「匿名の英雄」たちは、過剰な刺激に疲弊してしまい、もはや外的世界が提示するものに対応できなくなった。フロイトの心理的な乱雑さという言葉を用いて死を説明した中で、ジンメルは、大都市の人々の個性を生み出すメカニズムを以下のように説明する。

だから、大都会の人間は――いろいろな変種があることはもちろんですが――、彼を根こそぎにしかねない外的環境の驚異的な流れや分裂に対して、自分自身を守るための器官を発達させるのです。(中略) 大都市の現象に対する反応は、パーソナリティの深みから遠く離れた、いちばん敏感でない器官に移るのです。(Simmel, 1971: p. 326〔邦訳書、四～五頁〕)

このようにして、近代の大都市は、その居住者を「非人格的」にしてきた。ジンメルは、エッセイの終盤で、ニーチェをはじめとした、一九世紀の哲学者にみられる個人主義への執着は、近代の大都市の非人格的な性質に反するものとして理解されるべきであるという、挑発的ではあるが綿密さを欠いた言及を行っている。これを念頭に、ベンヤミンのシュルレアリスムについての評価と、一九世紀のブルジョアの室内という主題に振り返ってみたい。

第1章において、我々は、ベンヤミンが祖母のブルジョアの室内から滲み出した安全と隔離の感覚を、いかに追想していたかをみた。ベンヤミンは、近代の都市環境からの保護を主張することは本質的に極めて保守的なことであると認識していたが、住宅の室内では、外部との接触を断つことをロースは肯定している。こうしてロースは、室内を居住者の人格が明確に表出されたものとみなしたのである。したがって居住者が望む室内とその人格の間のいかなる不適合も、室内デザインの主たる失敗要因となるのだ。

> 一般の人々はそうした住居・部屋にうまく適合しないし、またこの逆についても同じことが言える。ではいったい、住居・部屋はどうあるべきなのか？（中略）そのような住居・部屋には住まい手との精神的結びつきは存在しなかったし、また画家が農民や労働者や、それに老いた独身女の住居・部屋においてみいだしたもの、すなわち親密性といったものもそこに欠けていたのである。（Loos, 1998: p. 58〔邦訳書、五頁〕）

ここにおいてロースは、ジンメルが「過度な刺激と匿名性」と性格づけた都市の状況から、個人を守るための防波堤を人格化された室内として築くことを希求した。マッシモ・カッチャーリ（Massimo

Cacciari）によれば、近代社会の都市環境の状況から、個人の居住者を保護しようとするロースの意思は、住宅を設計する際、建物の内と外とを基本的に異なるものとして表現するという彼の建築的な原則の根底となった。

壁と設えの間には根本的な差異が存在している。壁は建築家に属すものである一方、室内全体の配置としての設えは、居住者が最大限に利用・変容することを許容しなければならない。（中略）外観は内部のことを何ら表出しない。なぜならそれらは二つの違う言語なのである。それぞれはそれぞれ自身のことを語るのだ。（中略）それらの差異に最大の声を与え、十全に現前させるかぎりにおいて、建築家は自身の使命に誠実であり続けるのである。（Cacciari, 1993: pp. 106–7）

一九二〇年代前半、ダダを先導し、シュルレアリスムとも密接な関係にあった、トリスタン・ツァラ（Tristan Tzara）のパリの家におけるロースのデザインは、彼の構築的な原則が表出されたものである。一九二五〜二六年の間に建設されたこのツァラ邸のファサードのデザインに、ロースは当初、ル・コルビュジエが『建築をめざして』で賞賛した規則的な指標線を用いた（Tournikiotis, 2002: pp. 66–7）。黄金比に基づく幾何学がファサードの形状を決定し、いかなる装飾も建物の象徴的な機能を表現するために用いられていない。自然光は、住宅の裏側から室内に入ってくる。それによって通りから隔離された感覚を保持できるのだ。この住宅において、ロースは、他の住宅同様、室内を個々の部屋の機能に合うように慎重にデザインした。この住宅における主階の「ラウムプラン（空間計画）」は，広く開放的な居間と，床面の高さを上げて隣接させた食堂部分から構成されている。

ロースは，無用な装飾を好まないことを公言してはいるものの，壁の仕上げなどに極めて良質な大理石の薄板を張るなど，高価な材料を用いることをためらってはいなかった。ローヴェンバッハ・アパート（一九一三年）やシュトラッサー邸（一九一八〜一九年）といったいくつかの室内デザインにおいては，惜しみなく用いられた大理石の仕上げによって，抑制のきいた古典的な気品が生み出されており，初期ユーゲント様式の室内にみられる伸び伸びとした形態やダイナミックな装飾は完全に否定されている。パノヨティス・ツァーニキオティス（Panayotis Tournikiotis）が指摘するように，ロースは，「住宅についてはリベラルな考え方に従っていた。すなわち，住宅は保守的な存在として，居住者の快適さという唯一の基準に応じるべきだという考え方である（ibid.: p. 40）」。ベンヤミンは，ロースの日常生活の文化への評価には明らかに影響を受けたものの，彼は居住者の個性を表現し，同時に外部環境からの保護のための室内デザインを，時代錯誤なものとして否定した。ベンヤミンは、外部に開くことに情熱を傾けたシュルレアリストを支持した。こうした観点からすると，モダニストにとっての構築の真の課題とは，個性的な住居のために革命的な要望を実現する新しい方策を見出すことではなく，むしろ一九世紀の室内の保護的な殻を打ち破ることなのである。

●呪われた室内の祓い清め

ロースが著作で示した、構築の実践についての宣言や原則は、ベンヤミンにとって、住宅の室内を都市の喧騒からの避難所とみなすという点は、一九世紀の遺産からの強迫観念の時代遅れな表明に過ぎなかった。すなわち、居住者の人格を表現し、外部からは隔絶しなければならないブルジョアの室内という強迫観念である。ここで再び、ベンヤミンがいかに一九世紀の「住居」と二〇世紀の「住宅」を区別したかを確認しておく。この区別に着目することで、ロースとル・コルビュジエは互いに同調していたのではなく、むしろ反対の立場をとっていたことがわかるだろう。前者は室内に人格を表出させる「住居」への回帰を希求したが、後者は物々しい室内装飾を除去する必要性を主張したのである。「パリ――一九世紀の首都」においてベンヤミンは、「総合芸術」を志向する「ユーゲント・シュティール」のデザインは、ブルジョアの芸術文化を美的・文化的なレヴェルでより広範囲に社会や経済と同化させようとした最後の試みであったと位置づける。

室内というものが大きく揺らぐのは、一九世紀から二〇世紀への転換期、ユーゲント様式においてである。もっともユーゲント様式は、そのイデオロギーからすれば、室内の完成をもたらすもののようにみえる。孤独な魂を美化することが、ユーゲント様式の目標として現われる。個人主義がその理論である。(中略)ユーゲント様式の本当の意味は、このイデオロギーのなかには表われてこない。ユーゲント様式とは、技術に包囲されて象牙の塔に立てこもっていた芸術が行

なう、最後の出撃の試みなのである。(Benjamin, 2002: p. 38［B C 1、三四三頁］)

あらゆる生産の場に、機械化の波が容赦なく押し寄せたこと、「ユーゲント・シュティール」は新たな建設材料を「裸の植物質的な自然（ibid.）」を想起させる形にすることで、有機的という感覚を植えつけようとした。そのような努力は無に帰すると運命づけられている、とベンヤミンは論じる。第一次世界大戦の終結までに近代技術が総動員され、もたらされた破壊の後でようやく、芸術の力だけでは再び生産活動が息を吹き返すことは不可能であることに、ユーゲント・シュティールの一派は遂に気づくのだ。こうした洞察は、ダダの初期の試行に、またそれに続いてシュルレアリスムにより、最も鮮明に表現された。それらは社会から隔離された特権的な生産の場としての芸術を自ら破壊する行為であり、それゆえに明確な政治活動へと推移していくのであった。

『パサージュ論』の断章において、ベンヤミンは、モダニズムをル・コルビュジエのピュリスムとブルトンのシュルレアリスムとの間の対立を通して性格づける。前者は、近代の大規模な建設の実践を肯定することで、一九世紀の住居を徹底的に抹殺することを思い描いていたが、後者は、前世紀の空間は容易に追い払うことができないことを認識していた。「パリ――一九世紀の首都」にある同様の言及で、ベンヤミンはそのような洞察をはっきりとシュルレアリスムに見て取っている。

ブルジョワジーの荒廃について語った最初の人はバルザックである。だがこの荒廃を見渡すことは、シュルレアリスムによってはじめて可能となった。前世紀［一九世紀］のさまざまな願望の象徴は、その表現である数々のモニュメントが崩壊しないうちに、生産力の発展によって粉砕された。一六世紀においては諸学が哲学から解放されたのだが、一九世紀においては生産力の発展により、造形の形式が芸術から解放された。その発端をなすのは、エンジニアが構成するものとしての建築である。(ibid.: p. 43［BC1、三五五〜三五六頁］)

一九二二年からドイツの芸術家マックス・エルンスト（Max Ernst）は、二年後にシュルレアリスト運動を正式に立ち上げることになる友人たちと交流をもっていた。こうしたパリのシュルレアリストと親密に連携をしていた時期に、エルンストは、リアリズムとは異なった、さまざまな矛盾した夢のイメージを取り入れた芸術作品を制作した。その中でも特筆されるのは、三冊からなるコラージュされた小説で、それらは怪奇的でつじつまの合わないイメージについて、コメントを加えながら一九世紀の小説の挿絵について書かれたものである。その最初の作品である、一九二九年の『百頭女』では、一九世紀の室内やその居住者と、関連性のない素材が、まるで困惑させるかのように示唆的に並置されている。

例えばある絵画では、若い婦人が肩に巨大な鳩をのせて前を歩いている姿が描かれている。この背景は大きな美術館かギャラリーらしい。しかし、一方では、三人の男がパーゴラの中でたたずんでいる植物園も背景に描かれている。他の風景画は凝縮した視覚的アレゴリーのようで、その意味は捉えどころのないものである。あるイメージでは、中年の男性がアームチェアで眠っている。そのアームチェアは荒れ狂う波間を漂っているのだ。そして女の手が海の中から現れて、その男を捉えようとしている。その背景では、彼方の灯台の前から、塔のように垂直に水が噴き出ている。こうしたコラージュで、エルンストやブルトン、フィリップ・スーポー（Philippe Soupault）らが意図していたことは、初期の「自動記述」で表現しようとしていた、「事物の自発的で偶発的な出会い」と同様のものであったことは明らかである。

一九三四年から執筆した『慈善週間』（Ernst, 1976）は、エルンストの作品の中で最も凝った構成でコラージュされた小説となった。後期に位置づけられるこの作品は、曜日と要素に従った順序になっている。この要素には、古典的なもの（「火」や「水」）もあれば、慣習的ではなかったり、一見、恣意的に思えたりするもの（「泥」や「黒」）もあった。ちょうどすべての図版が極めて曖昧なものであるように、すべての章に通底する物語の感覚は断片的で希薄なものである。この作品が、ブルトンの感覚的困惑というシュルレアリストの目的に導かれたことは明らかである。ここにおいて、裸で傷つきやすそうな女性と、頭や他の体の部位が動物でいまにも略奪しようとする男性といった様子を描写している情景が多く、これにより性心理の緊張の感覚も高められる。このことは、シュルレアリズムと精神分析的アプローチの緊密な親和性を反映している。ブルトンは、人間の知覚や経験に対する精神分析的アプローチを非常に評価していた。シュルレアリスムについて、鋭敏で微細に解説した美学者のハル・フォスター（Hal Foster）の『発作的な美』において、彼は、エルンストの作品とフロイトの死への衝動との関連を強調し以下のように述べる。

『慈善週間』では、特に、このメロドラマのような抑圧の復権は、姿が奇怪なだけでなく、室内がヒステリックになることにも表されている。男色やサディズム、マゾヒズムといった「邪悪な」欲望へと発展したイメージは、これらの部屋で壁にかけられた絵画や鏡の表象空間において最も多く表出する。リアリズム絵画の規範であった、知覚的現実を反映するものとしての鏡は、精神的現実への窓として、シュルレアリスト芸術の規範となったのである。（Foster, 1993: p. 177）

呪われた一九世紀のブルジョアの室内というベンヤミンの考えは、エルンストが二〇世紀の集合的無意識の中にある上記の空間にとりついている幽霊を明るみに出そうとする試みと密接に関係していると、フォスターは考えている。フォスターはさらに、エルンストが『慈善週間』のために数多くのコラージュの要素を古いカタログや話題の日用品から流用していたことも記している。ベンヤミンがシュルレアリストの表現と日用品の陳腐化の間に見出した関連性を、フォスターは引用する。

そうした室内は、歴史的様式や自然のモチーフが施されたカーペットやカーテン、彫像や装飾で満たされていた。しかし、この偽の貴族的な見せかけは、工業生産品から、所有者はいうまでもなく、日用品を護れなかった。（中略）これら生産品のフェティッシュな輝きは、すでに鈍ってしまった。残っているのは、それらがかつてまとわされた希望や不安の意志である。エルンストは、彼のコラージュでこの痕跡を捕らえる。その結果、一九世紀のブルジョアの日用品は廃墟としてより亡霊として立ち現れる。(ibid.; pp. 179–82)

『パサージュ論』において、「室内、痕跡」という表題が掲げられた資料から見て取れるのは、明らかにベンヤミンは近代の都市生活についてのブレヒトの詩的な考え方を、住居の「痕跡の消去」という観点から受容していることである。これまでみてきたように、二〇世紀の大都市の近代精神が消去しようとしたのは、一九世紀の室内の心地良さ（ドイツ語で Gemütlichkeit）であった。「室内」の章での最も長い記述の一つにおいて、ベンヤミンは一九世紀ほど「住むことに病的にこだわった世紀はなかった（Benjamin, 1999b: p. 220［PA2、五三頁］）」とする。彼はこうした住居という理念を、容器、すなわち、住まい手の実際の身体の一部としての住宅の一部とみなした。「（一九世紀は）住居を、人間を容れるケースと捉え、人間をそのいっさいの付属物とともに、住居にあまりにも深く置き入れてしまったので、（中略）あの製図用具入れの内部を思い起こさせる（ibid.）」。まさにこの室内にあった日用品は、居住者を反映するという基本的な機能を有しているのである。「一九世紀が考え出さなかった専用ケースなんていったいあるだろうか。懐中時計、上履き、卵立て、寒暖計、トランプのためにケースを考え出し、ケースでなければ、覆い、長絨毯、カバー、シーツを考え出した(ibid.)」。ブルジョアの室内に集められた日用品は、この空間の根底にある象徴的機能の縮小版といえるのである。ベンヤミンは一九二〇年代の視点からそうした室内を見直し、この室内の象徴的な力はそれに続く時の流れによって消し去られたことを認識した。

二〇世紀は、その多孔性と透明性、その野外活動によって、こうした古い意味での住むということに終止符を打った。(中略)ユーゲント・シュティールは、容れ物のあり方を根本から揺さぶった。今日ではこうした容れ物は死滅し。住むという行為は衰弱してしまった。生きている者にとってはホテルの部屋によって、死者にとっては火葬場によって。(ibid.: p. 221［PA2、五三頁］)

しかしながら(二〇世紀的)住宅が、もはや風前の灯火であった(一九世紀的)住居を完全に駆逐したという、このような示唆には、歴史には例外なく二面性があるという、ベンヤミンの思考がより強く伴っていた。あらゆる時代を、終局的な現実とユートピア的な可能性という両側面から考察するこうした歴史観は、工業的な進展は歴史的に不可避で後戻りできないものであるという前衛的なイデオロギーと、ベンヤミンのモダニティへの評価を乖離させることとなる。

反対に、ベンヤミンは歴史を、何にもまして進歩という決定論的モデルに抵抗しているものと認識している。「歴史の概念について」の中で、彼は「歴史を逆撫ですること（Benjamin, 2003: p. 392［BC 1、六五一頁］）」を責務とすると述べている。

●個人の住居から集合体の住宅へ

ベンヤミンが住居から住宅への変移という観点からモダニズムを捉えていたとすると、住宅については一体どのような肯定的なことがいえるだろうか。ガラスのような透明な素材を使用することの社会的な重要性をベンヤミンが積極的に評価し、こうした素材の使用をシュルレアリストの実践から得られる革命的な陶酔と同様なものとみなしてきた。同様に、英雄的な建築家からの全面的な介入によって、前近代の構築物にみられるすべての名残を排除することを求めたモダニズム建築の単純な修辞学を、ベンヤミンが受け入れることはなかった。個人が自身の過去を念入りな追想によって「克服する」必要があるように、社会的な救済はブルジョアによる支配の物質的な歴史と対峙するという、集合体的な意識が立ち上がる実践を必要とするのだ。芸術作品の論考における映画についての思考において、こうした集合体的な実践の必要性を非常に明瞭に論じている一方で、本書の冒頭で言及した都市についての著述もまた重要な手がかりを提供している。

前述のナポリに関するエッセイでは、当地の生活における外部性と多孔性が主に論じられていた。

これに関して室内恐怖症は、地理的および階級的な観点から説明されていた。つまり、住宅の閉鎖性は北ヨーロッパとブルジョアたちのあいだでの傾向としてみなされ、それとは対照的な開放性は地中海と労働者階級の気質のものとされたのである。しかし、「ナポリ」において多孔性が引き合いに出されたのは、経済や都市計画における近代化の波から逃れた都市環境を記述するためであった。ベンヤミンにとって魅力的であったと思われるのは、まさにナポリの迷路のようなカオス的な環境であった。ナポリの場合は、少なくともベンヤミンが経験した都市の活気は、近代の建設技術や材料によって可能となった室内の開放性とは何ら関係はない。そうではなく、人々が祭りに向かう永続的な傾向として経験されるものにある。祭りやカーニバルは昔から繰り返し行われており、そこでは通常の社会的な階級性は覆され、限られた期間ではあるが万人平等の精神が市民の生活を支配するのだ。

工業化は生産上の役割分担を厳格化することで人々を画一化させ、社会に衝撃を与えたことを、ベンヤミンはよく認識していた。他方で彼がモダニストの実践の中に、機械的な合理性という規範を打破する可能性を見出していたことは明らかである。ナポリについての初期の論考における祭りへの賛美は、前近代という解毒剤によって特に近代社会の病理に対処しようとする姿勢を示唆している。しかし同時に明らかとなるのは、住宅についてベンヤミンの肯定的な理解とは、住居の室内から都市という外部への視点の移動を内包していたことである。こうした考えを現代の文脈に照らせば、活気に満ちた「公共空間」への関心と捉えられよう。ナポリやモスクワについてのベンヤミンの記述に明らかなように、集合体的な消費はそれ自身で祭りの側面を有しているのである。現代のアーバン・デザイナーは、一般的に住居と商業施設を分離するという機能主義者の規範を否定し、機能を混在させている。

しかし、住居（dwelling）と比べた際の住宅（housing）の大きな特徴は、居住者の個性を室内のデザインとして表現していない点にある。まるで貝殻のような住居は進化した資本主義が引き起こす都市的状況に対する偽りの慰めであり、保護された聖域という究極の幻影に過ぎないことを、ベンヤミンは見て取るのだ。マルクスに即していえば、住居はブルジョアにとっての鎮静剤なのである。ベンヤミンにとって住居とは、一九世紀ブルジョアの中心的な願望の象徴なのだ。

ベンヤミンが意図していた住宅とは、住居への個人的な偏愛を捨て、モダニストが新たな社会生活を提示することであった。

『パサージュ論』の「認識論に関して、進歩の理論」の章において、ベンヤミンはマルクスの「世界史の一形態における最終段階は喜劇である（Marx and Engels, 1978: p. 594）」という言説を取り上げている。マルクスの著述を引用して、ベンヤミンは一文を加える。「シュルレアリスムとは喜劇のうちで前世紀が死ぬことである（Benjamin, 1999b: p. 467［PA3、一九八頁］）」。シュルレアリスムの使命、すなわち「そうした事物、（奴隷化されていると同時に人間を奴隷化する事物）のうちに潜んでいた〈気分〉の巨大な力を爆発させる（Benjamin, 1999a: p. 210［ＢＣ1、五〇一頁］）」という、ベンヤミンの基本的な考えは、こうした思想と結合され、その喜劇的性質はいっそう先鋭化する。「シュルレアリスム」のエッセイでベンヤミンは、室内における革命的な「爆発」について述べる。

> この事物世界の中心に位置しているのは、そこにある物たちのうちでもっとも多く夢みられるもの、すなわちパリという都市そのものである。だが反乱が起こってはじめて、この都市のシュルレアリスム的相貌がすっかり現われ出ることになる。（中略）そしてある都市の真の相貌ほど、シュルレアリスム的な相貌はない。キリコやマックス・エルンストの絵も、都市に内在する要塞群の鋭い輪郭に比肩すべくもない。都市の運命を支配し、この命運——都市大衆の命運——においておのれの命運を支配するためには、これらの要塞群をまず征服し占拠しなければならない。
> (ibid.: p. 221［前掲書、五〇二頁］)

「シュルレアリスム」の最後で明らかになるように、「革命のための陶酔のエネルギーを手に入れること」への欲求は、仰々しいモダニズム建築特有の環境決定論とは明らかに異なり、人間社会と技術の間の弁証法を認めることを含んでいた。モダニストによる謹厳で静謐な空間に対して、ベンヤミンはシュルレアリスム的な陶酔による「イメージ空間（Bildraum）」を持ち出す。ベンヤミンは、近代の都市環境の下に生み出された独特の人格という、ジンメルの考えに準じながら、それと同様に、芸術の調停を通じて、現実の状況に集合体として適応することの必要性を主張した。そのために、近代技術を真に大衆のための革命による社会の転換に役立てることが必要とされた。ル・コルビュジエのような近代建築家は、過去の社会構造を補完するために技術革命を推進しようとしていた。対照的にベンヤミンは、社会の革命の物質的な前提条件として、技術革命を捉えるべきだと考えていた。

興味深いことに、芸術への技術の応用が革命的な可能性を有しているとされた事柄に比して、ベンヤミンは、集合体の慣習の変化ほどには階級意識の変化について語ってはいない。ジンメルの社会心理学が都市の大衆の「過敏な生活」という概念に基づいていたのと同様に、ベンヤミンは、集合体的で身体的な変容として、モダニズム建築が与えた社会への衝撃を評価していた。そうした生理学的な変化は、単に新規なアイデアではなく、新たな集合体的な実践を引き起こしたものとみなせる。その実践は、シュルレアリストにとっての自動記述に類似したものの介在により、集合体的な生理学的状況と、共有化された「イメージ空間」との革命的な統合をもたらすことができる。

集団もまた身体的である。集団の、技術において組織されるものである肉体が、その政治的・具体的な現実性のすべてを備えた姿で生み出されるのは、あのイメージ空間、世俗的啓示のおかげで私たちが住みつくことのできるあの空間のなかにおいてでしかありえない。世俗的啓示において身体とイメージ空間とが深く相互浸透し、その結果、革命のあらゆる緊張が身体的・集団的な神経刺激となり、集団のあらゆる身体的な神経刺激が革命的放電となるならば、そのときはじめて現実は、『共産党宣言』（一八四八年）が要求している程度にまで、自分自身を乗り越えたことになる。この宣言が現在何をするよう命じているのか、それを把握している人間は、目下のところシュルレアリストたちだけである。(ibid.: pp. 217-8［前掲書、五一八頁］)

後年の芸術作品に関するエッセイで、ベンヤミンは、「集団的神経刺激（Benjamin, 2002: p. 124)」という観点から、革命についてのこうした考え方に立ち戻っている。しかしここで、その直接的な芸術媒体として考えられているのは映画である。ベンヤミンは、「自然支配（ibid.: p. 107［ＢＣ１、五九八頁］)」を希求した技術の第一段階と、むしろ「自然と人類との共演［集合遊戯］(ibid.: p. 107［前掲書、五九八頁］)」を目指した第二段階とを区別している。技術の第二段階への全面的な適応を、ベンヤミンは、人間の救済のための条件と仮定した。映画は、人間の救済という目的を達成するための手段とみなすことが可能であろう。一九三四年の断章では、ベンヤミンは、一九世紀の住居に関するイデオロギーを破壊するという考えと、喜劇映画との関連性を理解するための手がかりを示す。ここで彼は、チャールズ・チャップリン（Charles Chaplin）の映画のイメージについて、「鋤の刃が、塊を切り裂き、笑いが大衆を解き放つ（Benjamin, 1999a: p. 792)」と述べる。また、芸術作品に関するエッセイで、ピカソの絵画を鑑賞することの退行的で集合体的な態度と、「チャップリンの映画を見るときには、きわめて進歩的な関係へと急変する（Benjamin, 2002: p. 166［B C 1、六一六頁］）ことを対比していることも想起されるだろう。このことは、一九世紀の住居に対する憧れという、時代遅れの感覚を社会から除去するのに必要とされる集合体的なカタルシスを生じさせるために、シュルレアリストのコラージュやモンタージュが、チャップリンの映画のような人気を博す必要があるという思いがうかがえる。

ピュリスムの建築は、喜劇へと導くようなものを提示することはほとんどなかったが、シュルレアリスムはその大部分が、前衛芸術の中でも理解が困難なものであり続けていた。ここで革命的な芸術に対する疑問が生じてくる。すなわち、いかにすれば、モダニズム建築によって約束された物質的環境を変容させようとすることが、コラージュというシュルレアリスム的な喜劇と結びつくことができるのかということである。その答えはベンヤミンにとって、未来ではなくむしろ過去にある。ピュリスムやシュルレアリスムが出現する百年前に、一九世紀初頭のパリのパサージュで、すでにそうした結びつきは起こっていたのである。

●都市のイメージ

ベンヤミンにとってモダニズムは、ピュリスムとシュルレアリスム、進歩と革命、正気と陶酔、悲劇的なエリート主義と喜劇的なポピュリスムといったように弁証法的に対比して理解される。しかし、ベンヤミンのこうした弁証法的な感覚では、各々の対立項の相違を解消し、最終的に統合することはない。ピュリスムとシュルレアリスムの間の対立を解くのではなく、むしろ、それらを先鋭化することが重要なのだ。同じ程度に考えられがちなことであるが真逆のことは、ベンヤミンは、モダニズムで言及される「二者択一（either-or）」に確固たる批判を提示した、ロバート・ヴェンチューリ（Robert Venturi）のポストモダン的な「両者共存（both-and）」の思考の先駆者ではない（Venturi, 2002: p. 16）。ベンヤミンは、前衛芸術の政治的な情熱を重視していたし、ギーディオンを受容したことからもわかるように、建築のモダニズムも支持していた。ベンヤミンの近代建築との隔たりは、その実践よりも、モダニズムの定義づけのほうにより深く関わっている。この隔たりの感覚は、近代建築のパイオニアたちが、社会や建築界に対して、挑戦的にならざるをえなかったことに、ある程度は起因しているだろう。本章の冒頭で示したように、モダニズムの意義は、今でも議論の的である。ベンヤミンの著述は、この文脈でも重要な点を指摘している。

ベンヤミンは、建築の受容には二つの基本的な特質があることを指摘した。すなわち、建築は、集合体的に経験され、また「気晴らし」の状態で経験されるということである。この気晴らしという考えは、否定的な意味を内包するものではなく、経験を肯定的な意味において受け取るべきものである。この経験は、個人の知覚の内面を覗きこむというより、むしろ社会的な集団を通してより拡散するのだ（英語の「拡散する strewn」は、ドイツ語の名詞 Zer-streuung の語根に由来する streuen に対応する)。Zerstreuungの日常的な用法における意味は、単に「エンターテインメント」である。建築は近代技術の表現であるという点で、ベンヤミンにとって、それはすべての物質の歴史的なプロセス同様、ヤヌスのように、二面性をもっていると考えられなければならないものであった。空間的な観点においては、ベンヤミンにとっての建築の曖昧性を最もよく把握できる方法は、彼の著述に頻出する二つの「思考イメージ(Denkbilder)」を対比させることであろう。すなわち、室内と迷宮である。迷宮というイメージは、シュルレアリストの冒険や混乱を暗示させるものとなるが、室内もまた、大都市における公共空間へと置換されうることも明らかなことである。これについてベンヤミンにとっての最も重要な事例は、オースマンによる一八四八年からのパリの大改造である。彼にとってこうした都市への干渉は「ナポレオン三世の帝国主義」や「根なし草の大都市住民に対する嫌悪(Benjamin, 2002: p. 42〔BC1、三五二頁〕)」、この結果として自分たちが都市からひどく疎外されていると感じるようになった住民に対する嫌悪を示したものである。建築が、疎外感を強める機能をもっているのだとすれば、同じようにして積極的な救済のためにも機能するのではないか? ベンヤミンの考え方に従えば、呪われた室内を、救済のための迷宮へと転じさせることもできるのではないか?

「ベルリン年代記」で、ベンヤミンはパリで経験した重要な悟りについて回想している。彼によれば、これは都市が記憶と想像を織り合わせていく場面に遭遇したものとみなしている。

そのとき突然、抵抗しえないほどの力で、私の人生の図解的見取図を描こうという考えが襲ってきたのだ。そしてその同じ瞬間、私にはすでに、どうそれを描くべきかということも、正確に分かっていた。それはまったく単純な問いであり、この問いとともに私は自分の過去を究明した。そして、さまざまな答えが、まるでひとりでに描き出されるようにして、私が引っぱり出した紙に描かれていったのだった。この一年か二年後にこの紙を失くしたとき、私は悲嘆にくれた。私はそれを二度とふたたび、当時私の目の前に一連の系図さながら生じきたったようには、仕上げることができなかった。しかし、その見取図を、まさにそのまま再現せずとも、頭のなかで復元したいと考えているいまは、私はむしろ、ある迷宮について話したいと思う。この迷宮の謎めいた中心の部屋に何が棲んでいるかは――それが自我であれ運命であれ――、ここでは、私には何の関わりもない。だがそれだけに、内部へと通じるたくさんの入口は、大いに私に関わっているはずなのだ。それらの入口を、私は原交友関係と呼ぶことにする。（中略）原交友関係の数だけ、この迷宮へのさまざまな入口がある。(Benjamin, 1999a: p. 614［BC6、四九三～四九四頁］)

「人生の図解的見取図」は失ってしまったが、ベンヤミンの著述からは、迷宮の建築的な形象が、彼の思考にとって決定的なものであったことの数々の手がかりが見出せる。プルーストによると、記憶とイメージは遡及的に作用し、失われた点を徐々に再度獲得しながら、それによって強化され過去に向かうのに対し、ベンヤミンの迷宮のイメージは過去から現在へと発散されるのだ。それが意識的に望まれたもの（「自発的に」刻まれたもの）でもなく、厳密に個人的なものでもないという点において、それを原初的な願望の象徴、あるいは原型になぞらえることができるだろう。次章で詳細に検証するが、そうした空間のイメージは、その本質において極めてユートピア的なものなのだ。今は、迷宮であり得る建築を追求することが問題なのだ。

迷宮を構築しようという思想をもつことは、ある意味でベンヤミンの思想を冒涜するものである。イメージとしての迷宮は、物質的環境の中で直接に感知される何かを複製するものでもなければ、建築の見取図に似たものでもないのである。ベンヤミンがほのめかしている「見取図」とは、用途や建設を指し示す意味での見取図ではなく、単に彼のイメージの空間的特質を提示するためのものである。ベンヤミンは、迷宮の中心の謎めいた部屋——それが自我であれ運命であれ——に関心がないことも明言している。したがって彼の見取図は、分析的に熟考し解決するためのパズルや封じ絵ではないのである。そうではなく、「迷宮へのさまざまな入口」である敷居が強調される。このように外部との転換点という観点からの都市環境へのアプローチの採用は、建築の平面図に対するル・コルビュジエの概念とは対照的であることが容易に読み取れる。

だが話を建築、この時をこえて生きのびるものにしぼろう。この視点に限っていうならば、まず次の重要な事実に注意を喚起しよう。平面は〈内から外に〉及ぶということ、なぜなら家屋も宮殿も生物に似た器官だからである。（中略）敷地に立つ建築の効果を斟酌するとき、ここでも〈外〉とみえることが常にまた〈内〉であることを示そう。（Le Corbusier, 2007: p. 216,〔邦訳書、一三九～一四〇頁〕）

ベンヤミンにとって迷宮は、ル・コルビュジエの建築の平面図への理解とは相容れないものである。こうした彼の思考としての迷宮を通してみると、公式を反転させる事が必要である。つまり「内部はつねに外部からの導入点として機能する」のである。

パリのパサージュでは二つの視点が出会う。一方は、生活の消費の場所としての役割を果たす限り、「パサージュは外側のない家か廊下（Benjamin, 1996b: p. 406〔ＰＡ3、五二頁〕）」である。他方は、ガラスの透明性によって外部に露出する内部である。それらに付随する雰囲気に加えて、シュルレアリストたちをパサージュにひきつけたのは、オースマンによる印象的な大通りの真ん中に、隠された地下都市のようなものをパサージュが作り出しているという感覚である。ベンヤミンが、オースマンによる大通りがもつ政治的圧力の特性に反対するのに対し、ル・コルビュジエは、「ナポレオン三世の下でのオースマンの仕事は、絶対君主が人民に残した壮麗たる遺産（Le Corbusier, 1929: p. 93）」と賛美する。一八五〇年代に始まったオースマンの再開発の時期までに、ほとんどのパサージュは建設されていた。パリは、こうしてより雄大なスケールで再デザインされ、人々の興味はパサージュから引き離され、それらのまばゆい輝きは急速に失われつつあった。構造物としてのパサージュは、二つの理由から忘却の彼方へと追いやられた。まず、パサージュはデザイナーに比べて、建築の専門家にはほとんど認識されていなかったこと、そして、利用者や消費者の観点からは、パサージュはすでに最先端のものではなくなったことである。

したがってベンヤミンが、都市環境の本質的な経験を表現するときに迷宮に頼るのは、生産というより、むしろ回復のための行動をしていたことを示している。シュルレアリストたちが、彼らが愛したパサージュ・デ・オペラの解体を嘆き悲しんだとき、ベンヤミンは、そのパサージュは一九世紀のブルジョアの願望の象徴としての社会的な機能をずっと以前に終えていたことを指摘した。日用品の消費を強化する場という、それらに欠かせない機能という点において、パリのパサージュは呪われたブルジョアの室内のバリエーションの一つ、もしくはその延長に過ぎないものと、ベンヤミンには映った。同時に、歴史的に重要な場として、パサージュは破滅と救済という歴史の根源的で対照的な二面性を表していたのである。

迷宮へのベンヤミンの思考から、都市環境について示唆されるのは、プルーストが、物に誘発された記憶を通じて個人の生活を回復したように、人々の歴史はまず発掘され回復されねばならず、それによって人類の発展への新たな途を明らかにすることができるということである。しかし、そうした考古学を可能とするためには、物質的な痕跡が発掘されるのを待たねばならない。言い換えれば、パリのパサージュが、機能や流行において廃れてしまいながらも物質的には残存したという事実こそ、重要なのである。こうした廃墟なくして、ベンヤミンの文化的かつ歴史的な考察が試みられることはなかった。室内と迷宮の双方についてそうした省察は行われた。ちょうどベンヤミンが好んだ探偵小説のように、環境的・物質的証拠をもとに歴史の「犯罪」が起こった状況を再構築するようなものなのだ。建築のモダニズムは、その英雄的な時期において、一九世紀の痕跡を消去しようとした。シュルレアリスムは、その恐怖を喜劇として描き直すことで解消しようとした。ベンヤミンは、歴史への、いかなる政治的に適切な取り組みも、これら双方の変容の類型に従うことが必要であると考えていた。このようなわけで、集合体の喜劇あるいは祭りに奉仕するように近代技術を利用することが必要であり、こうすることで未来派の戦争礼賛や、ファシストの退行的なノスタルジーへの賞賛を避けることができるのである。

したがって、ベンヤミンによる技術と歴史を関連づける回復の行為は、同時に、建築にも関係しているはずである。その行為が描く軌道は、ル・コルビュジエの都市計画論における「直線」よりむしろ、「一九〇〇年頃のベルリンの幼年時代（Benjamin, 2002: pp. 372-4［BC3、五四九～五五二頁］）」の「クルムメ通り」と比較されよう。しかしこのことは、迷宮が、ル・コルビュジエが「もっとも無難な道を選んでいる（Le Corbusier, 1929: p. 5)」ということを意味しているのではない。こうした対立の図式に従えば、近代の建設は、直線で描かれた平面図の最終的かつ圧倒的な勝利を主張しなければならないということになってしまう。というのも「近代都市は明らかに直線とともにある。（中略）曲線は破壊的で、困難で、危険なものなのだ。それは麻痺状態である（ibid.: p. 10)」からだ。

もしベンヤミンのモダニズムへの感覚が、ブルトンとル・コルビュジエとの間の対立から手がかりを得ていたとしたら、迷宮は、近代技術の文脈にてらして理解されなければならない。孤立し個人のものと化した住居という、社会的な規範は旧来のものであると、ベンヤミンは明快に考えていた。そのようなわけで建設における進歩的な努力は、大規模集合住宅に合わせたものでなければならない。そうした集合住宅では、居住者は彼らの霧のような存在の跡を記すことを望むことはなく、代わりに集合体的な祭りに参加することになるのだ。もし、これに基づいて建設のイメージを描くとすれば、それは仮設の移動可能な、ノマド的な建築となるだろう。こうした考え方は矛盾にみえる。そこから導かれるのは困難な思考の実験である。つまり映画によって再現される建築に代わり、映画を建築として再構成されたものとしてイメージするのだ。この考えに従えば、ベンヤミンが、芸術や技術について述べたユートピア的次元への考察へと直接に誘われることとなる。

第4章　ユートピア主義と効用 *Utopianism and Utility*

●ユートピアの政治学

建築や都市計画に対する初期のモダニストの取り組みには、共通してユートピア主義の傾向があることはすでに明らかであろう。しかしながら、モダニティもしくはモダニズムが、建築とユートピアとを初めて結びつけたという主張には無理がある。デヴィッド・ハーヴェイは記す。

「都市」と「ユートピア」、それぞれの形象は長い間絡み合わされてきた。ユートピアが具現化されはじめると、たいていそれとわかる都市形態が付与されたのであり、広義の都市計画として知られるものの多くは、ユートピア的な思考モデルに感染（お好みならば「感化」といってもよい）されてきたのである。（Harvey, 2000: p. 156）

このように、都市とユートピア主義の複雑な歴史を踏まえると、ベンヤミンの建築への取り組みとの関係を検証する前に、彼の多様性を可能な限り精確に検証することが重要である。そのために、一九三五～三六年の冬にかけて著された芸術作品に関するエッセイに注目したい。ここでは、ユートピアが、近代技術の社会的衝撃と革命の本質とに明確に関係づけて述べられている。また人間の性質に関する二つの次元もしくは位相を区別している。その第一は生物学的で身体的な性質で、第二は技術的な性質である。そして最後に鍵となる言及が行われる。

> しかし、二つの側面をもつユートピア主義者が革命の中で自己主張をする。なぜなら集合体は第二の性質を技術における第一義的なものとしてみなし、この第二の性質が革命的な要求を行うに過ぎないわけではないからである。それだけでなく、第一の有機的な性質（まずもってこれは個々の人間存在の身体器官である）の要求もいまだ満たされるにはほど遠い状態なのである。これらの要求は、しかしながら、人間性の発展の過程においては第二の性質の問題へと、まず置換される必要がある（略）。（Benjamin, 2002: p. 135）

この主張の意味をより深く理解するためには、改めて芸術作品に関するエッセイに戻る必要がある。前章で記したように、エッセイの中でベンヤミンは、第一と第二の人間の性質を技術の二つの位相と関連づけた。第一のものは自然を征服しようとするものであり、第二のものは「むしろ自然と人間とがともに戯れる（Zusammenspiel）」ことを目指すものである。ベンヤミンが、映画のような近代の媒体が有する革命的な可能性を肯定したことは、次の主張に依拠している。「第二の技術が開拓した新しい生産力に人類の心身状態がすっかり適応したときにはじめて、器械装置への奉仕という奴隷状態に代わって、器械装置を通じての解放が生じるであろう（ibid.: p. 108［BC 1、599 頁］）」。

前章でみたように、個人的な想念から集合体的な「気晴らし」へという、美学的受容における変容についてのベンヤミンの観念は、近代芸術や技術——それらは新たな肉体的状況もしくは人間の「ピュシス（身体）」を創出していく傾向がある——への、より広い理解から生まれたものである。かつての技術が、物質的な必要性を満たすという目標のもとに発展してきたのに対し、工業化社会の技術は、大量生産のための経済学と効率合理性の飛躍的改良も含めて、人間性と自然とを遊戯的で創造的な関係にする途を開くものとして理解される。遊戯（ドイツ語で Spiel）の概念についてのベンヤミンの主張は、一八世紀末のイマヌエル・カント（Immanuel Kant）やフリードリッヒ・フォン・シラー（Friedrich von Schiller）といった洗練されたドイツの美学の伝統へと遡ることができる。しかし、ベンヤミンの遊戯についての理念は、想像力という個人的で生産的な能力を強調するよりは、芸術作品と技術や集合体的で革命的な政治を媒介するものとして位置づけるのだ。

こうした性格づけを、現代的な視点、つまり、芸術が社会的な救済をもたらしうるという主張に対して懐疑的な視点からすると、ベンヤミンの近代芸術やメディアの政治的可能性についての明らかな楽観主義を手放しで評価することは困難である。しかしアドルノといった他の理論家によるベンヤミンについての批評とは対照的に、彼はいかなる種類の芸術作品にも、社会的・政治的効力があると主張していた。むしろ、芸術作品は、集合体的な自由、平等、そして純粋な参加といったものの「不在」を示すかぎりにおいて有効なのである。なぜなら、ベンヤミンにとって芸術が救済の（あるいはユートピア的な）能力を担うことができるのは、社会の破局という歴史的文脈の中で生起するからであった。換言すれば、近代芸術が政治的な共鳴を獲得するのは、高度資本主義における社会情勢が、公正に対する暗黙の期待に沿えていないという否定的なイメージを構築するからである。これこそベンヤミンの有名な「弁証法的イメージ」であり、それは「危機の瞬間において歴史的主体に思いがけず立ち現れてくる（Benjamin, 2003: p. 391［BC1、六四九頁］）」。弁証法的イメージは、近代技術が生み出したものではなく、近代技術による実践への批判から生じたものなのである。

反発するイメージという、こうしたユートピア主義の感覚は、少なくとも形式的にはカール・マンハイム（Karl Mannheim）による、「ユートピア的意識」と同調している。マンハイムによると、そうした意識は「反動（Gegenwirkung）によって歴史的に存在した現実（Seinswirklichkeit）(Mannheim, 1995: p. 172)」の変容を予期させるような表象を生み出す。マンハイムの一九二九年の著書『イデオロギーとユートピア』に対して、ホルクハイマーの批評（Horkheimer, 1993: pp. 129–49）と同じように、ベンヤミンも好意的であったことはほぼ間違いない。より一般的にいえば、ベンヤミンのユートピアという主題を扱うとき、一九～二〇世紀のラディカルな社会主義の中で、このユートピアという概念が歩んだ数奇な歴史について意識しておくことが極めて重要である。

この歴史への重要な言及は、一八八〇年に出版されたフリードリヒ・エンゲルスの『社会主義――空想より科学へ』に認められる。アンリ・サン＝シモン（Henri Saint-Simon）、シャルル・フーリエ（Charles Fourier）、そしてロバート・オーウェン（Robert Owen）といった、先駆的社会主義者に認められる一九世紀初頭のユートピア主義に関して、エンゲルスは次のように述べる。「これらの新しい社会システムは、ユートピアとしての運命を定められていた。その細部をより精緻化するほど、純然たるファンタジーに迷い込んでいくことを避けることができなくなったのである（Marx and Engels, 1978: p. 687）」。ここで軽蔑的な意味で用いられている「純然たるファンタジー」という言葉は、基本的にはいかなる歴史的事実や弁証法的歴史からも自由な想像力による構想を意味する。エンゲルスにとって、ユートピア的社会主義は、そのような歴史に対する感覚をもたず、極めて恣意的な社会を構想しているのである。それらが恣意的なのは、資本主義経済の発展の基本的な構造に根ざしていないことによる。これに反してベンヤミンは、近代技術は、ほとんど無意識的で集合体的でユートピア的な意思の痕跡を必然的に生み出すと主張する。そうした意思を後続する世代が意識的に取り戻すことができると主張している。晩年の論考「歴史の概念について」の一節では、このユートピア主義への積極的な賛同を、技術と自然との関係を再考する必要性と結びつける。

(俗流マルクス主義的概念における)労働概念は、ただ自然支配の進歩だけを認めて、社会の退歩を認めようとはしないのだ。この労働概念は、のちにファシズムにおいてみえることになる、(中略)この実証主義的な考え方に比べるならば、フーリエがさんざん嘲弄される因となったあの夢想は、はるかに健康な感覚が生み出したものだとわかる。フーリエによれば、健全なる社会的労働を確立すればいずれは、四つの月が地球の夜を照らし、両極からは氷が消え去り、海水はもう塩辛くなくなり、猛獣が人間の用を足すことになっていた。こうしたイメージのどれからも窺える労働は、自然を搾取することからははるかに遠く、自然の胎内に可能性としてまどろんでいる創造の子らを自然がこの世へと産みおとす、その産婆役を果たすものなのである。(Benjamin, 2003: pp. 393-4〔BC1、六五五～六五六頁〕)

要するに、フーリエが主張したユートピア主義とは、生産のための技術による変化に適応した社会組織の変容を意味していたということだろう。ベンヤミンは「パリ——一九世紀の首都」でこの点を明確にしている。後年のポール・シェールバート(Paul Scheerbart)による近代的な「ガラス建築(Glasarchitektur)」の形態を有するユートピア的住宅計画のような事例から、フーリエの綿密で詳細な計画「ファランステール」は、それに共鳴する先駆者とみなせる。建築のユートピア的な予見として、ファランステールは、歩廊が連続する都市のイメージを提示しており、この都市は独特なコミュニティ機能をもつ建物同士が相互に結ばれた、開放的でありつつもネットワーク状に配置されている。ベンヤミンによれば、フーリエは、パサージュに自身にとっての構築物の「建築上の規範」を見出したのだ。すなわち、「ファランステールはパサージュでできた都市となる（Benjamin, 2002: p. 34［BC1、三三二頁］）」。さらに明確にいうと、フーリエのユートピア的建築は、人間性と技術との調和の実現を目指しているのだ。

その複雑きわまる組織は、機械装置のごとき外見をもつ。さまざまな情念のかみあい、機械的な諸情念と陰謀情念の錯綜した集合作用といった発想は、心理学から素材をとり、機械との単純なアナロジーで作ったものである。人間から成るこの機械装置は、のらくら天国を作り出す。これは大昔からの願望のシンボルであるが、フーリエのユートピアはそれを新しい生命で満たしたのである。（ibid.）

しかし、ここにおいて、ユートピア的建築と欲望の象徴のつながりは、ベンヤミンによって、パサージュが日用品の売買の中心の場から、伝統的な住宅を想起させる場所に「反動的な変質」をしたことの明らかな証拠として捉えられた。我々は、ベンヤミンの近代の物質的文化に対する唯一の進歩的な態度は、住居から住宅への変移に抗しないことであることをみてきた。ウィリアム・カーチス（William Curtis）が明らかにしたように、フーリエの建築的なヴィジョンと、一九世紀末のエベネザー・ハワード（Ebenezer Howard）の田園都市は、ひとつながりになるのである。彼のフーリエのユートピアについての記述は示唆的である。

（「ファランステール」は）田園地域に建ち、約一八〇〇人のコミュニティを支えるのに必要な機能を内包するよう想定されている。住民たちは日々その才能を磨き、その人格を全人的に育むことで「労働の分化」の危険から逃れられるはずであった。（中略）さまざまな区画、例えば諸室、ダンス場、宿泊室、図書室に展望台といったものが、長い中廊下によってつながれ、出会いのチャンスを産み出し、平等主義社会という理想を具現している。（Curtis, 2002: p. 242［邦訳書、二六五頁］）

他の先導的なヨーロッパのユートピア社会主義者であるサン＝シモンと、ル・コルビュジエの初期の都市計画の間にも、つながりを見出すことができる。ル・コルビュジエによる一九二二年のパリ中心部を対象とした現代都市の社会的・機能的な役割に従ったヒエラルキーのある組織化について、カーチスは次のように言及する。

この計画には思想面での構成要素がたくさん見出せる。ル・コルビュジエが、サン＝シモンの理念を吸収していたのは明らかだったと思われる。特に、慈善的なテクノクラートというエリートがすべての進歩の代表者として行動するところなどがそうである。この理想の国は都市の中心地区の摩天楼によって具現され、さらに道路の大胆な処理や他の建物の機械時代的傾向に潜む技術のロマン化に表されている。(ibid.: p. 247［前掲書、二七二頁］)

ベンヤミンにとっては反対に、真に進歩的なユートピア主義は、近代の技術の「自然な進歩」を促進することだけではないのである。技術を人間の進化への基盤とすることは、彼の時代にあっては、第一次世界大戦下のヨーロッパに起こったイタリアの未来派や、後のファシストによる集合体のイメージが導き出した「解決」であった。そうではなく真の課題は、フーリエやサン＝シモンらが提示したような、調和のとれた社会という初期の未来像の、破られた約束から引き出されるイメージ、「反‐イメージ」を構築することだった。

デヴィッド・ハーヴェイは「空間形態」のユートピアと、「社会的プロセス」のユートピアとの違いを示し、それにより、ベンヤミンとユートピア社会主義者たちの間のユートピアの概念の違いを説明する。これも、ベンヤミンが支持したマルクス主義的分析により、社会の持続的な変容をもたらす、資本主義社会の経済的な発展という文脈のもとで社会の持続的な調和を目指す限り、建築的なユートピア主義には根本的な対立軸があるとハーヴェイは位置づける。ハーヴェイによれば、

空間形態のユートピアは、概してそれを作り上げるときに使わなければならないプロセスを、

安定化し制御するようにできている。このように、まさに実現に向けた行動をとるとき、歴史的なプロセスがそれを制御すべき空間形態を制御する。(Harvey, 2000: p. 173)

このことはしかし、建築やその理念に基づく空間の分節が、価値のないイデオロギーのように見捨てられるべきであることを意味するものではない。反対にベンヤミン同様、ハーヴェイにとっても、実際の建築のプロジェクトとしてユートピア的な想像力が実現することは、社会は資本主義の世界的展開という原動力によるという明白な証拠となるのだ。

自由経済のユートピア主義を具現化するには、プロセスをどこかへと着地することが求められる。すなわち、こうしたユートピア主義は、自らが機能しうる何がしかの場所を作り出す必要があるのである。そして、それをいかに空間的に囲い、いかに空間とするのかは、明確な具現化への重要な一面となる。(ibid.: p. 177)

ベンヤミンが意図するのは、前世代の物質的文化の中に見出されるユートピア実現の失敗という観点から、現代社会を理解することである。大切なのは、資本主義経済が存続する限り、そうした失敗は避けがたいものなのである。生産のための近代技術は、ベンヤミンにとっては、破滅とユートピア的な救済の弁証法が展開している最も重要な場であった。このことにより、産業化による日用品の売買が最初に実現の場としたパサージュを思い起こさせることとなろう。このようにパサージュは、日用品の文化を獲得したが、歴史的な変容の痕跡を示す場の象徴となるのだ。

●パリのパサージュのユートピア的次元

さまざまな理由から、ベンヤミンにとってパサージュは一九世紀の歴史を深く理解するために検証すべきものであった。まずそれは、「芸術が商人に奉仕する（Benjamin, 2002: p. 32［ＢＣ1、三二八頁］）」場所であった。陳列窓が、構造的・知覚的に優位なのは、パサージュが完全に視覚化された消費の環境であることを意味している。増長した欲求は、陳列されているものを見るだけでは満足を享受することはできない。

見る者は視覚によって環境を支配しているというよりも、むしろ、自身の立ち位置を見失い、陳列された日用品によって心理的に消費される危険に絶えずさらされている。ここで、ベンヤミンは次の事実の重要性を指摘する。一九世紀初頭に建設された最初のパサージュは、パノラマ、つまり「全体が見渡せる」もので、それは観察者に異なる場所と時間の感覚を疑似体験させるものであった。一九二〇年代の都市に関する論考において、モダニティが地方的なものと都市的なものを統合したと扇動的に書き立てたように。ベンヤミンは、都市を風景として形作ろうとする傾向をパノラマの中に見出している。

芸術と技術の関係の逆転を告知するものであるパノラマは同時に、ある性に対する新しい感情の表現でもある。地方に対する都会人の政治的優越は、この［一九］世紀のあいだに、さまざまな現われ方をすることになるが、そうした都会人は地方を都市のなかにもちこもうと試みる。パノラマにおいて都市は風景へと拡張される。後に遊歩する人にとって——もっと微妙な仕方でだが——都市が風景になるのと同じである。(ibid.: p. 35［前掲書、三三四頁］)

パノラマが人々の想像力に、さらには芸術表象に与えた影響が大きいことは明らかである。これ以降、「自然」は、人工的なものとは基本的に反対の意味や価値を有するものではなくなる。このように理解すれば、ベンヤミンのパサージュへの理解は、アンリ・ルフェーヴル (Henri Lefebvre) が数十年後に示した主張を予見しているのである。彼は「「都市社会」は、完全な都市化の過程から生み出された社会である。この都市化は今日では仮想的なものであるが将来には現実となるのだ (Lefebvre, 2003: p. 1)」という。

パサージュが、芸術作品が日用品となる特殊な場であることことに加え、板ガラスや鋳鉄といったある種の技術が大規模に展開されたことによって、ベンヤミンにとっての革命的な転換点となった。これらの材料の生産技術は、ヨーロッパの工業革命の文脈のもとに起こったのではなく、パサージュがそれらを大規模かつ効果的に利用するために必要とされたのだ。この意味ではパサージュは、技術的に困難で高価であったがために、それまで控えめに用いられていた材料が「世俗化」したことを表象しているのである。ギーディオンによる、大量生産は規格化された建設ユニットの一律適用という論理に従って行われるという指摘について、ベンヤミンもそれとなく言及している。例えば鉄桁は、鉄道旅行と巨大鉄道駅と倉庫の建設を同時に可能にするのである。鉄の部材の大量生産が可能になると、近代建築は、基本的な素材のユニットを用い、自在に並べ変えたり種類を増やしたりすることができるようになった。ギーディオンの英雄的な近代の建設に対する賞賛は、こうした思考を明瞭にしてくれる。

> 鉄の、建築への導入は、クラフトマンシップから工業的な建築生産への転換を意味する。新しい建築の始原は、旧来の鉄の生産方法が破棄され、ローラーによる生産加工作業によるものへと変わったときなのだ。(Giedion, 1995: p. 101)

ギーディオンにとって、鉄の部材が大量生産されるようになることは、単に建築素材の変換を意味するものではなかった。構築される「形態」の革命を同時にもたらすからである。つまり、「鉄は強い組織と構造体を建築にもたらす。鉄は空間を開くのだ。外皮は透明なガラスの皮膜となる。荷重を支える壁をデザインすることは、耐え難い茶番となる (ibid.)」。ここにおいてギーディオンは、ル・コルビュジエの以下の言葉を直接的に言い換えているのだ。「かつては、厚い壁が必ず必要だとされたが、五〇階建ての建物の地上階をガラスやレンガで薄く覆うだけといったこともできるのだ（Le Corbusier, 2007: p. 149)」。

モダニストの建設に対する、こうした一般的な見解の鍵となるのは、経済合理性に基づく実践が、倫理的・精神的価値と容易に結びつけられたことである。ギーディオンが、鉄とガラスの使用によって可能となった集合体の救済について語るのとまさに同じように、ル・コルビュジエは、同時代の船舶の構造を「秩序正しい、調和した、静かで、神経質で、力強い美しさの」建築の例として受け入れた。「真面目な建築家は、建築家（有機体の創造者）として観察するならば、船舶の中に旧来ののろわれた桎梏からの解放を発見するだろう（ibid. 2007: p. 158［邦訳書、八八頁］）」と述べる。ジャン＝ルイ・コーエン（Jean-Louis Cohen）が、『建築をめざして』の近年の再翻訳の序で示したように、ル・コルビュジエはすでに一九一三年には書簡において、近代の鉄の建築と社会的自由の間に明確な関連を見出していた（ibid.: p. 6）。

ここまでにおいて、ベンヤミンが、鉄とガラスの建築と、社会的・政治的救済の可能性に関連性を見出したことがわかった。しかしながら、彼のパリのパサージュに関する最初の原稿からは、集合体的な忘却と疎外の場としての一九世紀の構築物の感覚に支配されていたという事実を認識することが重要である。それは、パサージュの非常に曖昧な本質を強調するものであるが、パサージュが、何よりも「社会的疎外の呪われた場」として経験されるということは疑いようがない。このことは一九二八～二九年の間の記述で明らかにされるが、そこには予言的な「パリのパサージュ――弁証法的妖精劇」という題名が付けられていた。独特の記述により、ベンヤミンはガラスの透明な性質より、むしろ鏡としての性質に言及することで、パサージュの曖昧さを描出する。

パリは鏡の都市である。その自動車道路の鏡のように滑らかなアスファルト、あらゆる酒場の前にはガラスの仕切り。カフェのなかのガラスと鏡の過剰――その目的は、室内をより明るくすること、そしてパリの飲食店の内部は、いわばちっぽけな囲い地やコンパートメントに分かれているが、それらのすべてに喜ばしい広がりを与えることにある。ここでは女性たちが、ほかの土地でよりしげしげと、自分の姿を眺める。そこからパリの女性たちのあの確固とした美しさが出てきたのだ。ひとりの男に見つめられるよりさきに、すでに十回も鏡に映った自分を見ていた。だが男もまた、自分の姿が観相学的に一瞬ひらめくのを目にする。彼はほかの土地でよりもすみやかに、自分のイメージを獲得し、そしてまた、よりすみやかにこの自身のイメージと自分とが合一するのをみる。通行人たちの目でさえも被われた鏡である。(Benjamin, 1999b: p. 877［BC6、六六七～六六八頁］)

ブルトンの一九二八年の小説『ナジャ』によって想起され、ベンヤミンのエッセイ「シュルレアリスム」に継承された、モダニストの開放的なガラスの家がもたらす高揚感より、むしろここでは、近代において、公衆を写し出すためにガラスがより積極的に使われたことで、集合体的な自己のイメージを不気味さという感覚が分断したことが強調されている。この一九二八～二九年の記述でベンヤミンは、「空間の曖昧さとしてのパサージュの曖昧さ」について述べ、この二重性のある空間を、「神のようにか、悪魔のようにか（Benjamin, 1999a: p. 877［BC6、六六八頁］）」と性格づける。呪われたブルジョアの住居の室内と、開放感あふれるモダニストのガラスの住宅との弁証法を想起すると、パサージュは、ベンヤミンにとっては同時にこの弁証法の対立項の物質的・象徴的な遭遇点であったことは明らかである。

パサージュはこのように「工業化された日用品生産の弁証法的な対立を物質的に象徴する歴史的に唯一の場」なのだ。しかし同時に、ベンヤミンにとって、パサージュは、集合体的な救済が起こり得る、その痕跡を留めているのだ。後者の意味においてパサージュは、日用品の生産と消費がもたらす社会的な病理から救済された社会的な秩序という、夢にも似た予兆を有しているのだ。しかし一九世紀前半の建設当初の時期においてパサージュは、「誤った構成、早く来すぎたガラス、早すぎた鉄（ibid.: p. 879［前掲書、六七四頁］）」であった。別の言い方をすれば、パサージュは、当時は作られることも、提示されることさえもできなかった問いへの解を示唆する。

ベンヤミンと同世代で友人でもあったエルンスト・ブロッホ（Ernst Bloch）は、近代建築とユートピア思想との関係を理論的に分析した重要な人物である。一九一八年の『ユートピアの精神』では、表現主義と装飾について検証し、『希望の原理』では当時直面していたヨーロッパの全体主義から、鉄やガラスの「未成熟」な使用について、より不吉な解読を行っている。

新しい建築芸術が始まったときの根本的特徴は開放性ということだった。それは暗い石の洞窟といった性格を打ち破り、軽やかなガラスの壁面で視野を開いた。しかし、こうした外界との調和の意思が早すぎたことは疑問の余地がない。屋内に閉じこもる状態から抜け出そうという試みは空虚なものと化し、外界を求める南方的欲望は、その外界が現在のように資本主義的外界である場合は、決して幸福をもたらしはしなかった。というのも、街頭では、陽のあたるところでは、なんの良いことも起らないからである。ドアを開き窓を大きくあけたりすればファシズム時代では何か悪いことが起こりそうだし、家も地下の墓地にこそならなくとも、いつまた要塞に変わるかもしれないからである。広い窓にほんとうの外界が一杯という状態になるには、戸外が人の心を引きつける見知らぬもので一杯になっていることが必要で、ナチで一杯になっていることが必要なわけではない。床までガラスのドアにするには本当の太陽の光がさしこみ、入ってくるのが前提で、ゲシュタポが入ってくるのが前提ではない。(Bloch, 1995: p. 734［邦訳書、六〇～六一頁］)

ベンヤミンは、ブロッホが「別の社会の始まりだけが、本物の建築を可能とする（ibid.: p. 737）」と述べたことに同意していたことに疑いはないが、彼は、建築のモダニズムによって表現されたユートピア主義への、こうした直情的な拒絶を容易に受け入れることはできなかった。ル・コルビュジエの「住むための機械」としての住宅という理念を攻撃することより、むしろベンヤミンは、近代の建築的なプログラムを、時代錯誤の形態を利用して技術革命を妨げるという、一九世紀に起こった試みから前進するための重要なステップとみていた。繰り返すが、資本主義の状況の下での、建築の進歩的なユートピア主義は、明晰にデザインされた機能という特性に異議を唱える批評的解釈においてのみ適応可能なのだ。こうした解釈によってのみ、近代建築は組織化された圧力や不公平、孤立から解き放たれたユートピア的状況という、弁証法的に鮮明な「残像」を生起させることができるのだ。これに照らせば、ベンヤミンが、いかにパリのパサージュを、とらえどころがないものの、ユートピア的な可能性を秘めた媒体として評価していたかを理解できるようになる。

万人に開かれた空間というより、パサージュは、実際のところブルジョアの客間を外部化したものであり、そのために事実上、大都市の外部空間における呪われた室内の表出であった。ベンヤミンやラツィスが、ナポリの労働者階級の地域——そこでは住宅の室内から公共的な外部空間への動きが、終わりのない祭りのような感覚を生み出していた——に見出した多孔性とは異なり、ここでは都市環境はブルジョアの室内の中の日用品あるいは「死した自然（nature morte）」に変容している。ちょうどマルクスが、日用品への執着をまるで凍りついて離せない物同士の社会的関係とみなしたように、ベンヤミンは、パリのパサージュの批判的検討から喚起される弁証法的イメージを「停止した弁証法」とみなす。唯物史観的な発展に基礎をおくユートピア的な反-ムーヴメントをそれらのイメージが提供するかぎりにおいて、そういったイメージを読み解くことが『パサージュ論』にとって本質的な課題だということである。このように建築は、単に非現実的で空虚な可能性として、ユートピアの期待を抱かせるものではない。むしろ資本主義の下の都市環境は、現実的（破滅的）なものでもあり、かつ肯定的（ユートピア的）なものでもあるのだ。したがって建築の批判的活用は、パサージュの建築が内包していた集合体的な願望を、歴史に残るような社会的行動へと変換することを必要とするのだ。

集団の内面には建築やモード、いやそれどころか、空模様さえも含まれている。そして、無意識の不定形な夢の形象のうちにどどまっているかぎり、それらは消化過程や呼吸などとまったく同じ自然過程なのである。そうした建築やモードは、集団がそれらを政治においてわがものとし、それらから歴史が生成してくるようになるまでは、永遠に等しいものの循環過程に身を置いているのである。（Benjamin, 1999b: pp. 388–90〔PA3、八頁〕）

●ユートピアと弁証法的イメージ

弁証法的イメージという媒介を通じて、ベンヤミンが分析した空間は、一九世紀的資本主義により疎外された物質的世界である。この空間は近代の大都市である。この大都市において、パサージュがベンヤミンに想起させるものは、発展した資本主義社会における物質的・社会的環境の全面的な日用品化を予見させる小宇宙である。しかし、パサージュは、同時に集合体的なユートピア的願望の積極的な表出としても理解されない限り、ベンヤミンの成熟した思考においてその役割を果たすことはできなかったであろう。

前章で、ベンヤミンにとっての建築のモダニズムとは、シュルレアリスムによって解き放たれた「革命的エネルギー」を、集合体的な物質的環境に変容させようとする試みであったことを述べた。一九二〇年代の実験映画でのモンタージュの使用に対する彼の主張と同様に、近代建築は、一九世紀に起こった工業生産の革命に近代社会を適合させようとする、先駆的な努力と理解されていたのである。ル・コルビュジエは、自身の構築に関する革命のためのプログラムを、マルクス主義的な社会改革のための触媒というよりむしろ解毒剤とみなしていた。しかし、ベンヤミンは、モダニストが公言した反動的イデオロギーではなく、その実践の中にユートピア的可能性をみていた。

モダニストたちとは立場を異にすれば、彼らの標準化された平面図や幾何学的な形態というイデオロギーが、建築のモダニズムの主唱者たちの当初の動機であった、社会の救済という切なる願いを悪用しながら、本質を歪める役割を果たしたと結論づけたくなる。デヴィッド・ハーヴェイは、ルイ・マラン（Louis Marin, 1984）が導入した仕分けを援用し、建築のモダニズムは、空間的遊戯よりむしろ空間的形態と提携したと指摘した。ハーヴェイによると、モダニストによる建築におけるユートピア主義に関するあらゆる現代の再評価において、「モダニスト建築と権威主義や全体主義の結びつきをしっかり自覚すること（Harvey, 2000: p. 163）」を受け入れる必要があるという。彼はこう記す、

二〇世紀の、すべての偉大な都市計画家、技術者、そして建築家は、ある種のオルタナティブな（物理的かつ社会的な）世界についての熱烈な想像力を、根本的に新しいデザインに従って都市や地方の空間を設計・再設計するという実践的な関心に結びつけることによって、自らの課題に取りかかることにした。エベネザー・ハワード、ル・コルビュジエ、フランク・ロイド・ライトといった面々が、想像力を用いたコンテクストを創り出しているときに、実践者の主導者たちは。レンガやコンクリート、高速道路に高層建築、都市と郊外といった夢を現実のものにしていった。（中略）現実のものとなったこれらのユートピアの夢に興味を示さない権威主義の批評家たちは、それらの夢を非難するときでさえ、空間的遊戯という自分たちが好むヴィジョンを自分たち以外のものが達成していた空間的秩序づけに対置させることで、そうした非難を行っていたのである。(ibid.: p. 164)

「パリ――一九世紀の首都」においてベンヤミンは、パサージュにおけるユートピア主義を、集合体的無意識の中に含まれる「階級のない社会」の痕跡という視点から説明する。

集団の無意識のなかに貯蔵されている無階級社会の経験は、新しいものと浸透しあってユートピアを生み出す。このユートピアは、長もちする建築物からはかない流行に至るまでの、生の数限りない複合形態のなかに、その痕跡を残してきた。(Benjamin, 2002: p. 34〔BC1、三三〇頁〕)

ユートピア主義に対して抱くベンヤミンの多様性が、モダニストの都市再開発における更地との一致をみることが難しいのは十分に明らかである。同様にベンヤミンのモダニズムに対する評価を特徴づける多様性は、ユートピア主義という彼の考え方に関係している。この考え方は、英雄的なモダニズムに典型的な技術による環境決定論とも、フランクフルト学派の彼の同僚たちの文化的悲観主義とも異なるものである。現代の建築や都市計画へのベンヤミンのユートピア主義の影響は、保守的な新伝統主義と遊戯性ある脱構築主義のどちらの側にも見出すことができない。後者のほうに親近性があることは明らかだが、ベンヤミンの政治的な展望と正義についての関心は、脱構築主義的な規範とも容易には相容れないのだ。

ベンヤミンが意図した建築とユートピアとの間の結合を適切に理解するためには結局、彼の歴史の概念を理解することが必要となる。ユートピアは、実際の歴史的発展からこぼれ落ちたどこでもない場所（non-place、ギリシャ語「outopos」に由来する）として理解されがちである。しかし、ベンヤミンはユートピアを、暗黙のうちにではあるが、まさに歴史の「中」に深く根ざしたものとして考える。しかし、ベンヤミンにとって、ユートピアは仮想的で実現可能な何かであったが、決して現実のものではなかった。それにもかかわらずユートピアは、集合体的な行為を啓発し、社会的正義への願望を明確にするという点において確かに効果を有するのである。ベンヤミンのユートピア主義は、このように綱渡りのようなものであった。一方では、（集合体的妄想に過ぎない）共有された心理学的な要素へのユートピア的な衝撃が矮小化されることを避けようとし、他方で、建築の歴史の中に見出される典型的な形態のユートピアという指針に則ってそれを自然なものとした。

「弁証法的イメージ」に関するベンヤミンの議論について、彼が極端な後者より、前者に近い傾向をとることを示唆するとしても、彼自身のユートピア主義のもっともらしさを考慮すれば、我々は彼にとっての「イメージ」の意味について、できる限り精確に理解する必要があるだろう。第1章において、ベンヤミンの思考にとっての記憶のイメージの重要性が明らかにされた。そうしたイメージへのベンヤミンの膨大な描写は、心理的な要素として解釈されるものというより、それらが「物質的に埋蔵」されたものとして理解されるべきことを明らかにする。換言すれば、回想する能力は、社会的プロセスとしてみなされるならば、時間的のみならず「空間的」にも規定されているということになる。記憶のイメージと心に描く物質的な空間とのこうした密接な関係を念頭に置けば、ベンヤミンがいかに、都市環境を集合体的・歴史的に有望な担い手として地位を付与させることができたかが明らかとなる。我々はここにいたって、ベンヤミンの成熟した思考の中心的な概念である「弁証法的イメージ」についての精確な理解を得るようになる。弁証法的イメージは、過去の物質的文化に批判的に向き合うことを通じて歴史的・ユートピア的見通しに導く。

現在が過去に対して持つ関係は、純粋に時間的・連続的なものであるが、かつてあったもの(das Gewesene)がこの今(das Jetzt)に対して持つ関係は弁証法的だからである。それは時間的な性質のものではなく、形象的な性質のものである。弁証法的な形象のみが真に歴史的な――ということはアルカイックではない――形象なのである。解読された形象、すなわち認識が可能となるこの今における形象は、すべての解読の根底にある、批判的・危機的で、危険な瞬間の刻印を最高度に帯びているのだ。(Benjamin, 1999b: p. 463〔PA3、一八六〜一八七頁〕)

ベンヤミンは、パリのパサージュを本質的に曖昧なものとして理解していた。曖昧さを示すドイツ語「Zweideutig」は、その字義としては「二つの方向を指し示す」というものである。ユートピアとは、ベンヤミンにとっては近代生活の織物に書き込まれたものであろうと、その大部分は歴史への意識の表層の下に明確に存在する。ベンヤミンが、その曖昧さを「弁証法がイメージとして現われたものであり、静止状態における弁証法の定則である（Benjamin, 2002: p. 40〔BC 1、三四八頁〕）」と描写する一方で、彼は、近代の物質的文化が、破滅と救済、失敗と希望との間に宙吊りにされる対立にそれとなく言及している。そしてベンヤミンは弁証法的イメージについて、「この今（das Jetzt）と閃光のごとく一瞬に出会い、ひとつの状況を作り上げるのである（Benjamin, 1999b: p. 462〔PA 3、一八四頁〕）」と述べている。繰り返せば、弁証法的イメージのプリズムの下に資本主義の物質的文化を捉えることとは、パサージュの二つの相反する側面を同時に開示することにほかならない。その一つ目は疎外を引き起こし、方向性を失わせ、走馬灯のように日用品消費を繰り返す場であり、もう一つは集合体的遊戯と救済の空間である。

これまでの章で、ベンヤミンがどのように視覚的生産の新しい媒体（映画や写真）を、近代の社会的状況に対し批判的な調停を提示するものと考えていたか、ということを述べた。弁証法的イメージと「静止状態にある弁証法」の間に作られた関係は、「スナップ写真」という概念が機能していることを強く主張している。映画が革命的で大衆を活気づけるものになりうると捉えられたように、ベンヤミンは、絵画・彫刻・建築の写真による再生産を、個人から集合体的な役割や行動への変化をうながすものとしてみていた。

偉大な作品は、もはや個人が生み出すものとは見なされない。それは集団によって作られるものになった。非常に巨大なものになったがゆえに、それを摂取するにはまさに縮小することが前提となった。機械的複製を行なうもろもろの方法は、つまるところ縮小技術であり、その助けをかりて人間は、作品を充分使いこなせるくらいに、手中に収めることができるのである。

(Benjamin, 1999a: p. 523〔BC1、五七五頁〕)

芸術作品に生産の機械的なプロセスを適応することが必要とされたのは、それを通してテクノロジーの真に集合体的な活用が生じ得るような決定的なスクリーンを提供するためである。しかし技術のこうした芸術的利用は、救済のための「可能性ある」手段のみを構成する。この救済はさらに、ベンヤミンの思考のかたちのような何らかのプリズムを通して描き出される必要がある。つまり、ユートピア的な救済は、芸術的・理論的構築という補足によって物質的な空間の中にのみ位置を得るのだ。すると、「弁証法的イメージ」の意味するものが二つの側面をもつことが明らかとなる。つまり、歴史的な「オブジェ」、または、それが関係する空間や状況がその一側面であり、オブジェに対する標準的なイデオロギー的理解に拮抗する解釈や構築の「行為」がもう一つの側面である。ユートピアの可能性が、痕跡としてのみパサージュの中に認められるものだとしても、資本主義的生産という呪われた場の中にユートピアがこのように痕跡として現前することですら、批判的解釈という多大な努力を通じてようやく明らかにされるものなのである。ユートピアは、建築的な見取図という媒介なしに押しつけられることによって作られるのではなく、廃墟と化したものをふるいにかけてようやく出来上がるのである。

●建築とユートピア

あらゆる形式のユートピア主義は、ある種の歴史への理解を暗示する。ル・コルビュジエの初期の建築宣言では、技術の発展が不可避であるという前提と、これが必ず起こらねばならないという明らかに威圧的な強要があった。ル・コルビュジエの後者の側面だけが、彼の建築の著述での革命的な暴力性とみなすことができる。ピュリストの規範の核心にある、建築的構築とコミュニケーションの言語的構造との一致は偶然なものではない。タフーリが明らかにするように、ダダイストやシュルレアリストたちでさえ、根本的に異なる話法の技術に応じた合理的な意味システムを破壊しようと尽力した。したがって、ベンヤミンのモダニストとしての弁証法の両面は、コミュニケーションのユートピア的な再構成へと向かうといえよう。タフーリは述べる、

> アッサンブラージュと異化の方法は、意外性と《意味のゆがみ》(ロシア・フォルマリズムの用語)をもとにして、新しい非言語的言語に関するいくつかの文法を生み出した。そして情報理論とともに、こうしたダダイズムの方法は宣伝広告の分野に採り入れられていったのである。(Tafuri, 1976: p. 96〔邦訳書、一一四頁、訳者改変〕)

もし、ダダやシュルレアリスムといった前衛の活動が、問題を提起し、解法となりうるものを描いていたとすれば、タフーリによれば、それらの解決を物質的なリアリティに関係づけることができるのは建築のモダニズムであった。ベンヤミン同様、マルクス主義的な思考をもつタフーリは、資本主義下での生産の発展が、それまでの社会的秩序の土台を侵食し続けたと主張する。彼は、一九二〇年代初頭から中頃までに、生産の力と社会的な組織の間にある対立が、近代の大都市で最も力強く表現されたことが広く認識されていたと述べる。したがって社会の再構成に関わるあらゆる計画は、都市環境の物質的な再構成に集中せざるを得なくなった。前衛芸術の詩的なユートピア主義の真の後継者を装い、近代の建築家たちはユートピアを夢みるだけでなく建設を始めることができた。しかしこのことにおいて、モダニズムの提唱者は、変革の真の実行者というより、むしろ歴史という計略の無意識の操り人形であった。

（一九二〇年代における）建築や都市の理論家が公式化した計画は、そのものというより、何か他のものを指し示そうとしていたようにみえる。その何かとは、機知、すなわち生産・消費全般の再構築、換言すれば「資本計画」である。この意味でいえば、建築ははじめから、リアリズムとユートピアとを介在するものとしてあるのだ。ユートピアは次のような事実を強情に隠蔽し続けてきた。すなわち、プランニングのイデオロギーが現実のものとなりうるのは、計画は計画という領野を超えたところでのみ真の計画となることを明らかにすることによってのみだという事実である。そして実際、「計画」が一旦、生産の一般的な再組織化の視野のうちに入ると、建築や都市計画は、そうした再組織化の主体ではなく客体になってしまうという事実である。(Tafuri, 1998: pp. 20–1)

タフーリとダル・コによる近代建築の通史では、社会主義的な地方自治体の賛助によりヨーロッパで実現された住宅計画を、モダニストのユートピアが市場の動向のリアリティと最も顕著に対立した結果と定義する。これらの計画は、ベンヤミンの考える住宅の具体例の最後期のものと考えることができる。フランクフルト市のため、エルンスト・マイ(Ernst May)によって一九二五年から一九三〇年にかけてデザインされ実現された労働者階級向けの「ジードルンク」が、その鍵となる例である。タフーリとダル・コは、一九世紀末から四〇%以上の土地を市が取得していたことを指摘し、これらの計画を成功させる状況が、市場の束縛の下でありながらすでに最適なものであったことを強調する。その計画にあたってマイは、物理的問題に対して部材や寸法を標準化するという斬新な手法を適用した。建築史上、マイの計画は、実践的な観点から、芸術的なユートピア主義と経済のリアリズムの間の対立の解決策を提起したとみられる。

ここでの建築は、新世界を求めるアヴァンギャルドのユートピアと民主主義行政における現実的な可能性との不和を癒したかのようにみえる。フランクフルトは、デッサウのバウハウスより以前にまたそれより以上に、ヨーロッパの近代運動を実際に試験する場であった。しかも、まさしくここでの建築が、独立した知的労働という伝統的枠組をふるい落としていたがゆえに、建築を方法論のレヴェルを超えたところで評価することが可能となった。マイが成就したことでなかんずく重要なのは、ドイツの社会民主制が都市改良の分野で実践した事業全般における由々しき政治的・行政的限界を明確にしたことなのである。(Tafuri and Dal Co, 1979: p. 181［邦訳書、二〇〇頁］)

この事例の後、ユートピア主義の実現の限界は、主に第一次世界大戦前から一九二〇年代の終盤の間での一四〇〜一九〇%という建設部材の価格の高騰という形で表れた。このように、たとえマイの尽力が、建物を建てるための質の高い土地の多くを有する市当局の全面的な支援を得て実現したとしても、「その結果は金融および独占資本の独自の進展によって中性化されてしまったのである(ibid.: p. 183［邦訳書、二〇〇頁］)」。

もしモダニストの建築的ユートピア主義が、市の中心部の外縁に建設された集合住宅地においてさえ存続できないことが証明されるならば、それらが大都市の中心部に立地していた場合、都市デザイン的「解決」としては一層の疑問符がつく。ブルーノ・タウト(Bruno Taut)は、大戦前の表現主義というユートピア主義で名声を博していたが、彼はベルリンの都市開発の評価担当者であったマルティン・ヴァグナー（Martin Wagner）と協働し、一九二五〜三一年にかけて大都市近郊に一連の住宅地開発を行った。ルートヴィッヒ・ヒルベルザイマー（Ludwig Hilbersheimer）は同時期に発表した『大都市建築（Grossstadtarchitektur）』で、「ジードルンク」の提案者に異を唱え、大都市は、その中心にコミュニティのための空間を許容せず、あらゆる建設空間を同一の開発規制に容赦なく従わせるだろうと述べた。しかしながら一九三〇年代初頭までの政治的な発展は、建築デザインのパラダイムを飛び越えて、肥大した資本主義を全面的に見直そうとしていた。

ヨーロッパの都市計画の発展に留意することは、ベンヤミンによる歴史に関する理論的貢献を検証するにあたって有益である。第一次世界大戦後の建築のモダニズムが、二〇世紀の最初の数十年間の前衛に共通した精神的な進歩への喚起から徐々に逸脱していく中で、ユートピアの刺激は実際に隆盛を極めていたのだ。ここで明確にしておかねばならないのは、ベンヤミンが建築のピュリスムの革命的な姿勢への熱狂を表明していたとしても、彼が主張したユートピア主義は、むしろ基本的にはそれとは逆行するものであったということである。彼がパサージュに注目したのは、ユートピア的社会主義の遺産に内在する政治的な意義を回復しようという欲望に動機づけられていた。「ユーゲント・シュティール」期におけるヨーロッパの建築家は、新たな技術の進歩的な可能性を抑制し、個性の表現としての住宅を作りだそうとしたことにより批判を受けるが（Benjamin, 2002: p. 38）、第一次世界大戦後のモダニストたちは、そうした重苦しい室内を否定する努力によって賞賛されたのだ。

しかし究極的には、こうした建築のパラダイムの変換を、ベンヤミンは結果であり原因ではないとはっきりと捉えていた。「パリ——一九世紀の首都」に通底する言い回しで、「前世紀［一九世紀］のさまざまな願望の象徴は、その表現である数々のモニュメントが崩壊しないうちに、生産力の発展によって粉砕された（ibid.: p. 43［BC1、三五六頁］）」と述べる。この意味において、パリのパサージュは、シュルレアリストや後のベンヤミンが見出したように、「作者の死後に生まれた建築」を表象しているのだ。それらの効用が長続きしたとしても、すべての一九世紀のパサージュが提示せざるを得ないあらゆるものが、廃墟の断片に刻まれたものとしてのユートピアの痕跡なのである。「あらゆる時代は次の時代を夢みるだけでなく、（中略）日用品経済の動揺とともにわれわれに見えてくるのは、ブルジョワジーのモニュメントの数々が、崩壊する前にすでに廃墟となっている姿なのである（ibid.: pp. 43-4［前掲書、三五六頁］）」。

弁証法的イメージという媒介を通じて、こうした廃墟との邂逅は、失われたユートピアを回復させようとする試みと等しくはない。これは夢を見続けることなのだ。しかし問題は、ユートピアを「実現する」ということなのである。「目覚めの際に夢の要素を利用するのは、弁証法的思考の模範的な例である。それゆえに弁証法的思考は、歴史的覚醒のための器官なのである（ibid.: p. 43［前掲書、三五六頁］）」。ベンヤミンのユートピア主義は、現在を、過去にかなえられなかった願望という側面からみるという「歴史認識のコペルニクス的転換」を根拠とする。こうした視点は、過去から現在そしてその後も発展が持続することを前提として未来を予見しようとする、技術進歩主義を容認することとは全く異なるものだ。それは同様に、ある種の建築のモダニズムが有する白紙の修辞学からも明らかに区別されるものである。

廃墟は保存されなければならない。それは過去において、本当はどうであったのかを理解するためではなく、抑圧や支配に対して戦ってきた我々の前の世代から我々が受け継ぐものを理解するためなのだ。フレデリック・ジェイムソン（Fredric Jameson）の二〇〇五年の著書のタイトルを借りるならば、ベンヤミンのユートピア主義は、こうした未来の構築のための青写真というより、むしろ未来の「考古学」に関するものである。幼年時代の経験を追想することにより、現在の自身の状況を理解しようとするベンヤミンの試みと類比すれば、政治的に進歩的なユートピア主義は、過去を通じて検証することだけで決して終わらないのだ。

ベンヤミンによる近代芸術と建築の政治的可能性に対する評価は、個人的で知的な観点によるものではなく、集合体的で身体的な観点からのものである。こうした観点に立てば、近代建築の中にユートピア的可能性を見出すあらゆる認識も同様に、集合体的な人間生理学と呼べるようなものを現実化する近代建築の役割に関係していることになるだろう。確かに、ピュリストのパラダイムは建築のまさにこの機能に訴えていた。建設が一九世紀の集合体的無意識の役割を演じたという、ギーディオンの理念を通して、ベンヤミンは『パサージュ論』の断片で思考する。「だがむしろ、建築の構造は、ちょうど夢が生理的過程という足場にまつわりついて生まれてくるように、そのまわりにやがて「芸術的な」建築がまとわりついてくるような身体的過程の役割を果たしていると言い換えるのが、より適切ではなかろうか（Benjamin, 1999b: p. 391［PA3、一二頁］）」。繰り返すが、重要なのは、夢を見続けることではなく、覚醒することなのだ。

近代の映画制作の技術からもわかるように、進歩的で政治的な可能性は、内容やメッセージよりも媒体としての構築物がもつ生理学的な効果に見出せる。例えば今日の建築やデザインの雑誌をみると、まるで日常の生活環境が色あせた生気のないものに思えてしまうものだが、こうしたいわゆる「ハイパーリアリティ」を創り出すことができる。しかし、ベンヤミンは、建築の機能をこうしたイデオロギーに関わるものとは考えていなかったことは明らかである。同様に、建築に資本主義の進展がもたらした物質的な側面のみを見出すことは、ベンヤミンの歴史観への決定的な過ちを犯すこととなろう。なぜなら、歴史的発展を無残な衰弱と後退として理解することになるからである。

ベンヤミンにとって、子供であれ大人であれ、なにげなく生活している都市環境の形態は、集合体的な幻想や夢の倉庫として機能せずにはいられないものである。ガストン・バシュラール（Gaston Bachelard）の著述に示されるように、個人的想像力も集合体的想像力も、必然的に目の前の都市環境の中に位置づけられ、埋め込まれることになる（Bachelard, 1994）。同様に、より良い生活のためのデザインは常に想像上の都市を創り出す。ベンヤミンのユートピア主義が提起する重要な問いは、そうした場所を実際に構築する必要があるのではないかということである。これについてのあらゆる努力は、現在の世代が過去の世代の願望とまっすぐに向き合うことで真に意味をもつことは明らかである。

このように理解すれば、ベンヤミンにとってのユートピア的建築とは、彼の有名な言説によれば、文明の粗野なモニュメントの記録として機能するのだ。そうした建築は一方で、過去の世代では抑圧されていたユートピア的な願望が、現在の世代に対して実際に「参加」することを呼びかけるだろう。

そうした建築が、実現可能であるかどうかが未解決の問題として残っている。次章では、参加という主題に着目し、ベンヤミンの政治化された美学という視点を通して、より近年の建築や都市計画の発展を検証する。

第5章　参加と政治　*Participation and Politics*

●参加の政治学

これまでの四つの章において、ベンヤミンの建築や都市デザインについての思考を、以下の主題から検証してきた。その主題とは、大都市主義、ラディカリズム、モダニズム、ユートピア主義である。ここで明らかなことは、ベンヤミンの芸術や建築についての思考が、社会的かつ政治的関心から形成されてきたということである。例えばベンヤミンのモダニズムについての言及は、主に近代技術の社会的な衝撃を賞賛した点に関するものであり、そしてこの衝撃は社会の革命的な変化の機会と理解していた。ユートピア主義の場合も同様である。ユートピア的衝動は、無意味な空想を生み出すものとして拒絶されるものではない。むしろ、資本主義の進展がもたらす社会病理の克服と、それを政治的に可能にするための不可欠な要素として評価した。

本章では、建築や都市に対するベンヤミンの貢献について、彼の大衆の社会行動への関心を通して検証していく。エッセイ「生産者としての〈作者〉」がそれを最も顕著に表しているように、ベンヤミンは知的で芸術的な生産が、いかに多くの労働者の運動に寄与するかを模索していたようだ。二〇世紀の前半に、ヨーロッパの知識階級が抱いた危機意識は、ベンヤミンと同時代の人々の多くが共有していた。一九二〇年代中頃からの研究により、ベンヤミンは多くの人々が共鳴できる理論を、緊急に構築しなければならないことを主張できる格好の立場にあった。

理論の社会的有効性についての関心は、「参加」という本章の主題へと導いてゆく。この主題を扱う際、ベンヤミンによる建築の重要性に関する議論を、切り捨ててしまいがちである。理論家以上に、建築の実務家は、基本的に直接かつ明確に人々からの期待や批評に直面することとなる。一九二〇年代のモダニストによる都市計画が、そのデザインによって、より広範囲のコミュニティに影響を与えようという、高圧的で権威主義的な性質のものであった一方で、一九六〇〜七〇年代における草の根の都市計画の動きでは、建築家や都市計画家がコミュニティの利害関係に耳を傾けざるを得なかった。近年では、計画する側がコミュニティの必要とするものを知るために、幅広く公聴会を催すことが一般的である。そうした協議が、真の意味での公共の参加といえるものにどの程度なり得るのかは、現代建築における重要な主題である。本章では、いかにベンヤミンの思考が参加について考えることに寄与するかを示す。

ティム・リチャードソン（Tim Richardson）とステファン・コネリー（Stephen Connelly）は、いかに現代の建築や都市計画への取り組みにとって，参加への関心が需要であるかを指摘する。

都市や地方，また地域から市域の計画，近隣や地区といったスケールで，どこであっても計画家は，コミュニティや権利者と積極的に関わるよう熱心に勧められる。参加は，今や計画の策定や戦略の展開の中心的なものなのであり，同様に，個々の計画決定に欠かせない要素となったのである。(Richardson and Connelly, 2005: p. 77)

アンソニー・ギデンス (Anthony Giddens) の「第三の道とその批判」によるイギリスでの政策の紹介や，アミタイ・エツィオーニ (Amitai Etzioni) らによるアメリカでの「コミュニタリアニズム（訳注：小規模の自治的な集合体群に基礎を置く社会組織，個人に対する集合体の存在）(Giddens, 1998; Etzioni, 1996)」についての解説で言及しながら，参加について一九九〇年代にどのように理論化されてきたかをリチャードソンとコネリーは示している。都市計画や建築における参加は一見，近年において盛んになったテーマのように思える。一八五〇～六〇年代のパリにおけるオースマンの革命的な開発のような，近代の都市再開発の最初期の事例では，開発に影響される市民や組織との協議や同意といった意味において，参加という概念からはほど遠いものであることは確かであろう。しかしより詳細に検証すると，この時代においてさえ，コミュニティの参加が完全に欠如していたわけではないようだ。デヴィッド・ハーヴェイは次のように述べる。

オースマンが、ある種のコミュニティの可能性を否定したとしても、彼はもう一つのコミュニティを植えつけようと努力した。それは、帝国の栄光に下支えされ、威信・博愛・権力・進歩のシンボルにあふれたコミュニティであり、彼はここにパリの「ノマドたち」が集結することを望んだ。（中略）簡潔にいえば、オースマンは、新しくより近代的なコミュニティ概念を取り込もうとしたのである。このコミュニティにおいては、貨幣のもつ力が、大通り、「百貨店」、カフェ、競馬場といった場所でスペクタクルやディスプレイとして称賛されるのであった。そしてこうした荘厳な「日用品愛好賛美」の中でも際立っていたのが万国博覧会である。(Harvey, 2003: p. 235)

リチャードソンとコネリーが詳細に述べるように、参加方式の都市計画という現代の理論や実践は、一方の計画主体と、もう一方のそれに影響を受ける個人や市民組織および「利害関係者」との間の、コミュニケーションによる合意という概念を中心に具体化させたものである。ここでの了解事項が、最善の具体的な事例へと結実するにあたっては、別の難題が生じる。一つだけ確実なことは、一般の人々が建築デザインやその実施に参加するということは、どのようなものであれ、実践には多大な困難が伴うということだ。それではベンヤミンの思考は、この問題の解決のために何を提供してくれるのだろうか？

「生産者としての〈作者〉」が、この問いの検証には適切である。このエッセイは一九三四年の春、パリでの反ファシストの会議で、ベンヤミンが初めて発表したものであり、作家たちに一つの基本的な要求を課す。

> よく考えてみよという要求、〈生産過程におけるみずからの立場について熟慮せよ〉（中略）この熟慮が、ここで問題となる作家たちにおいて、すなわち彼らの分野における最高の技術者たちにおいて、遅かれ早かれ、最も冷徹なやり方で彼らのプロレタリアートとの連帯を基礎づけるような確認へと行き着くことを、われわれは当てにしてよいでしょう。（Benjamin, 1999a: p. 779［BC5、四一六頁］）

ここでベンヤミンは、作者たちが――より一般的にいうと芸術家や知識階級も――専門的な生産者であるという事実から、当然、ブルジョアに属していると考えていた。彼らの労働者階級との連携や参加は直接には実現できるものではなく、むしろ「媒介された連帯でしかありえません（ibid.: p. 780［前掲書、四一八頁］）」とベンヤミンはいう。作者は、知的なものを生み出す専門の生産者とみなされ、日用品の生産者との真の連帯は、「作家の場合、彼を生産装置の供給者からひとりの技術者へと変える振舞いの中に存しています。すなわち、その生産装置をプロレタリア革命の諸目的に適合させる自らの使命とみなす、そのような技術者へと（ibid.［前掲書、四一九頁］）」。ベンヤミンがここで念頭に置いているのは、親友の劇作家ベルトルト・ブレヒト（Bertold Brecht）の鍵となる概念、つまり芸術作品の「機能的変換（Umfunktionierung）」である。ここで注意すべきは、ベンヤミンが、芸術家を、高度な技術をもった技術者として、すなわち生産の専門的な知識を有した「エンジニア」とみなしていることである。このことにおいてベンヤミンは、アーツ・アンド・クラフツ運動のさまざまな派閥によって推進された、芸術家としての建築家という初期の理念に反して、ル・コルビュジエが打ち出した進歩的な建築家のイメージから、作者と生産者は同列のものと考えた。

「生産者としての〈作者〉」の数カ月前に書かれた「フランス作家の現在の社会的立場について」において、ベンヤミンは、作者についての彼の反‐イメージの直接的な源泉が実際はシュルレアリスムであることを明らかにしている。この運動の軌跡――一九二〇年代初頭の革命的な始まりから、二〇年代終盤までのラディカルな左翼政党との明確な提携にいたるまで――を記録しながら、ベンヤミンは、その発展を「シュルレアリスム運動があのように大胆なしかたで切り開いていたイメージ空間は、政治的実践の空間と同一だということがますます明らか（ibid.: p. 760〔前掲書、五三一頁〕）」になると述べる。この初期のエッセイでベンヤミンは、近代の芸術的生産の政治的な可能性を説明する中で、知性と技術と労働者という重要な三者の相互関係を思い描く。「彼ら（シュルレアリスト）は、知識人の持つ技術の自由な利用をプロレタリアートに認める――なぜならプロレタリアートだけが、技術の最新の状態に依存しているのだから――このことによって、知識人を技術者としてその持ち場につけた（ibid.: p. 763〔前掲書、五三九頁〕）」。

この記述と、芸術的な生産や進歩的な政治の実践との間のより広い関係性を理解するためには、ベンヤミンの写真や映画に関する分析を想起するべきだ。基本的な考えは以下の通りである。芸術的な生産や再表象の手段としての機械化は、工業化された労働環境を手本とすることとなる。ここでは労働者の集合体的な性質は根本的に変質するのだが、彼らの置かれた社会的な地位のためにそれを認識できずにいる。同時に、知識階級の中で芸術的で知的な生産への責務がある者は、彼らの領域への機械化の大規模な導入に初めは抵抗した。つまり、絵画が写真の発明により存在の危機にさらされ、劇場が映画の登場により変質させられると考えられていたのである。

知識階級における芸術愛好家の側からも、ノスタルジックな願望からの抵抗があった。すなわち、身体のもつ威厳という前機械化時代のイメージを保持し、工業機械の侵食からそれを守ろうという願望である。工業機械は、芸術作品において伝統的に描かれてきた原初の肉体に解体を迫る存在だったのである。ベンヤミンは述べる。「人間の顔のつかの間の表情となって、アウラが初期の写真から、これを最後と合図を送る（Benjamin, 2002: p. 108〔BC 1、五九九頁〕）」。機械化以前の人間の肉体のイメージから、こうしたノスタルジーの感覚を排除することが、まさに近代芸術の課題である。「現実を大衆に合わせ、大衆を現実に合わせてゆくことは、思考にとっても視覚にとっても、無限の影響力をもつ過程である（ibid.: p. 105〔前掲書、五九三頁〕）」。

芸術的な表現が、完全な機械化に向かう次の動きは、映画でなされる。ベンヤミンによる絵画と映画の比較から、前者が個人的な想念を呼び覚ますのに対し、後者は集合体的な「気晴らし」を喚起するという考えが生み出された。双方の場合において、受容は行動という形を伴うが、ベンヤミンは、この行動の向かう方向が一方向的な機械的なものではないことから、機械的生産へと変換が行われる場合には逆転させられるとする。つまり、「芸術作品の前で精神を集中する人は、作品のなかへ自分を沈潜させる。（中略）それに対して気の散った大衆の方は、芸術作品を自分たちのなかに沈潜させる（ibid.: p. 119〔前掲書、六二四頁〕）」。ベンヤミンが用いた「沈潜」という言葉の本質的な意味は「専有」である。大衆が沈潜させる「もっとも明白な例は建築物である（ibid.: p. 119〔前掲書、六二四頁〕）」とベンヤミンは続ける。そして、大衆が建築を受容するにあたっては、「触覚性」とベンヤミンが呼ぶ要素が最も重要であるとする。「触覚的受容は、注意力の集中という手段によってではなく、習慣という手段によって行われる。建築に対しては、視覚的受容でさえも、おおむね後者すなわち習慣によって規定される。視覚的受容にしても、元来は注意を張りつめてというよりも、むしろなんとなく気がつくというかたちでなされるものである（ibid.: p. 120〔前掲書、六二五頁〕）」。ベンヤミンは、こうした建築の受容は、単に工業化されたモダニティの状況の下でなされたものではなく、「原始時代からの」ものであると記していることを述べておく。「（建築の）歴史は、ほかのどの芸術の歴史よりも長いし、その影響を考えてみることは、大衆と芸術作品との関係を考察するあらゆる試みにとって重要である（ibid.〔前掲書、六二五頁〕）」。

しかし、芸術作品に関するエッセイでは、どのようにして近代建築によって大衆にとっての慣習化のプロセスが明白になり得るかを、ベンヤミンは示さなかった。前章での、一九世紀のパリのパサージュに関する言及を想起すれば、ベンヤミンが、建築が社会化されることが本質的に「無意識」のプロセスだと考えたと仮定するのは、もっともらしいことである。しかし、その場合でも、都市環境により生み出される習慣が意識化されるためには、さらに芸術的表象という媒介を必要とするのである。ベンヤミンにとって、映画がこの役割を演じていることは明らかである。映画では、工業的な資本主義による労働の場で引き起こされる状況は翻って労働者たちに対して映し出され、それによって労働者階級の現実の状況への批判的な意識の形成が可能になるのだ。

都市住民の圧倒的多数は事務室や工場のなかで、一日の労働時間が過ぎるあいだ、まさに器械装置を前にして彼らの人間性を捨てなければならないのである。この同じ大衆が晩になると映画館を満たすのだが、それは映画俳優が彼らに代わって復讐してくれるのを体験するためなのである。つまり、映画俳優自身の人間性（あるいは大衆がそうだと思っているもの）が、器械装置に対して自己主張しているのみならず、器械装置を自らの勝利のために利用しているのであるから。(ibid.: p. 111〔前掲書、六〇七頁〕)

映画という媒介を通して、労働者階級は、自身の社会的地位を明確に意識するようになるだけでなく、自ら行動を制限することになる。ベンヤミンは、こうした条件を次のように性格づける。「人間は――これこそが映画の働きなのだが――たしかに彼の生きた人格全体をもってではあるが、しかしこの人格のアウラを断念して活動しなければならない状態にはじめて置かれる（ibid.: p. 112［前掲書、六〇八頁］）」。

ここでアウラの概念は、その心理学的な効果として理解されねばならない。アウラのイメージは、観察者や受容者の側に没頭し熱中することを要求する。人間の身体から、その象徴としてのアウラを除去すると、呪文が解かれることになる。（映画の）カメラのレンズはその媒介として機能する。それを通じて、観察者は表現された対象を、評価のための主題とすることが可能となる。映画俳優は、役に同化しようとするあらゆる試みに対する抵抗の中で、このことを明確に理解しているとベンヤミンは示唆する。ベンサムのパノプティコンの監視制度に関するミッシェル・フーコー（Michel Foucault）の有名な描写のように、映画の撮影現場に観客が不在であることは、俳優に対する「チェックの権威は高められる（ibid.: p. 113［前掲書、六一一頁］）」こととなる。ブレヒトの演出法に明らかに影響を受けて、ベンヤミンは、映画の中に「人間の自己疎外は、きわめて生産的に活用されることになった（ibid.［前掲書、六一〇頁］）」ことを見て取る。しかし、映画の進歩的で政治的な可能性は、さまざまな社会での状況を無視して、ベンヤミンが一方的に思いついたものではない。

ここでもちろん忘れてならないのは、映画が資本主義の搾取から解放されないかぎり、このチェックを政治的に有効に利用することはできないということである。なぜなら、このチェックのもつ革命的な可能性は、映画資本によって反革命的な可能性に変えられてしまうからである。(ibid.〔前掲書、六一一頁〕)

タフーリの、芸術のモダニズムへの批判的分析は、二〇世紀の建築を考える上で役立つであろう。

●建築のモダニズムと参加

ル・コルビュジエの、一九三〇年代初頭のアルジェの開発計画から発展した、彼の都市計画や都市の理念について、タフーリは「そのとき建築は学習的な行為となり、集団を統合するための一手段となるのである(Tafuri, 1976: p. 132〔邦訳書、一五五頁〕)」と述べる。タフーリは、ル・コルビュジエが一九三三年に発表した「輝く都市(訳注:後に書籍として一九三五年に出版)」――ここで彼は自身の計画の社会な影響について言及している――から引用する。

集団的行動に欠かせない一つの感情を目指す偏執狂的な性格が、このうえない幸福な結果を招いたのである。つまり、そこでは人々はそれぞれの立場で、仕事のあらゆる場面に〈個人として〉参加する。(中略)あなた方がわれわれにそのような計画を示して説明するならば、「持てる者」と救い難い「持たざる者」という二分法は解消して、信念と行動の一致した単一社会が実現することだろう。（中略）われわれは、まさに合理主義の時代に生きているのであり、このことはまた意識の問題でもある。(Tafuri, 1976: p. 131［邦訳書、一七三頁］; Le Corbusier, 1967: p. 177)

一九二〇年代初頭のル・コルビュジエの住宅作品には、大規模な住宅計画や都市計画に関する詳細なプログラムが伴った。後者に関しては一九二二年からの「三百万人のための現代都市」がその典型である。三百万人の住人のために設計された、中央に六〇階建て二四棟の事務所棟と、その周囲の一〇〜一二階建ての居住ブロックからなる計画で、この計画がもつ社会的イデオロギーについては、ケネス・フランプトン（Kenneth Frampton）が適切な解説を行っている。「彼はこの《現代都市》を管理と制御を司るエリートのための資本主義都市とし、都市を取り巻くグルーンベルトの「安全地帯」を越えて産業を伴った労働者用田園都市を計画していた（Frampton, 1992: p. 155［邦訳書、二七〇頁］)」。フランプトンが示唆するのは、かつては都市において建築的なアイコンであった宗教建築の、世俗的な代替となった中央の事務所棟の重要性である。彼はまた、ル・コルビュジエの都市計画にみられる威圧的な性質が、左派政治団体からは好ましくないものとしてみなされたことを注記している。こうしたイデオロギー面での反感は、一九二〇年代を通して強化され一九二九年のジュネーブの国際都市の計画（訳注：中央部にムンダネウム計画を含む開発案）で頂点に達する。

同じ年、ル・コルビュジエは南アメリカを訪れる。そしてリオ・デ・ジャネイロの自然や地勢から、陸橋型の都市のアイデアが生まれた。このアイデアはアルジェに滞在した一九三〇～三三年の四年間、彼を夢中にさせた。このオビュ（砲弾）計画は、港の曲線に沿ったもので、道路の下に六層、上に一二層からなる、数マイルにも伸びるマッシブな凹状の構築物を構想したものである。各階は五メートルごとに分けられ、居住者自身が内部を設えることを可能にしている。タフーリによるとこの計画は「ル・コルビュジエは現代アーバニズムの最も高度な理論仮説を公式化したのであった(Tafuri, 1976: p. 127［邦訳書、一五二頁］)」といわれる時期の中心的なものであった。そして、「実際イデオロギーの点においても、また形態の点においてもそれを凌駕するものはいまだ出てきていない(ibid.: p. 127［前掲書、一五二頁］)」と続ける。より具体的にいえば、タフーリはこの計画を、ル・コルビュジエが社会の統一したユートピア的イメージを形態のデザインの上で最も完全な形で表現したものとして評価しているのだ。この計画では、幾何学原理と住人の自発的行為との完全な統合を示している。すなわち、一方が曲線で可塑的な壮観さを伴う巨大な構造物の薄い表皮であったこと。そして、もう一方は、住宅部分において室内を改変するにあたり精密な技術や幾何学を適応しつつ個人の参加を誘っていることであった。このようにしてオビュ計画は、（タフーリにとっては、純粋にイデオロギー的で、形態的に優れたものであったが）近代の工業化社会においては緊張状態にある、二つの要素の調和を可能にしている。

この考え方に基づけば、都市構造と交通網とは、統一された一つのイメージをもたなくてはならないことになる。（中略）このイメージの構造という手段によってのみ、必要性による支配は自由による支配と溶け合うのである。前者の展開は、計画を厳密に統制された仕方で計算することによる。後者の展開は、計画をより高度な人間意識の内部に回復することによる。（ibid.: pp. 128–9［前掲書、一五三～一五四頁、一部訳者改変］）

タフーリとフランプトンは、一九二〇年代のル・コルビュジエの都市計画にみられた社会的権威主義の性質を、アルジェ計画においていかにして希薄化させているかに注意を向けている。フランプトンは、「公共的ではあるが、個人所有を目標とした、多様性をもったインフラストラクチュア（下部構造）を提供しているところが、第二次世界大戦後の無政府主義的な建築の前衛たちの間では、かなり一般的になった（Frampton, 1992: p. 181［邦訳書、三一六頁］）」と言及している。建築のプロジェクトに対する人々の参加について、タフーリはより精神的に深い感覚があるとする。

コルビュジエのアルジェは、人々がそれを、いかなるレヴェルで読み取り、あるいは使用しようとも、人々に全人間的なかかわりを課さずにはいないのである。しかしそのとき、人々のかかわり方が、どうしても批評的、内省的、知的なものにならざるを得ない、ということに注意する必要がある。コルビュジエの都市イメージを《うかつに読む》と、一種神秘的な印象を抱きかねないが、しかし彼がそのような副次的効果を、必要欠くべからざる間接的刺激剤と考えていたことを、見逃してはならないのである。(Tafuri, 1976: p. 131〔邦訳書、一五四〜一五五頁〕)

タフーリにとって、アルジェ計画の長所は、それが、近代の資本主義社会の危機を、建築形態として精緻に示したことにある。タフーリは、ル・コルビュジエが全体主義的で官僚的な統制という社会状況をここで明らかにしていることを賞賛する。しかし一方で、プロジェクト自体は、イデオロギーの主張にとどまり、タフーリの言葉によれば、あくまで形式的なものに過ぎなかった。ここでタフーリは、アルジェ計画に着目したのが、一九二九年に始まる世界経済恐慌の直後であったことが極めて重要であるとする。恐慌の後、経済を考える上でケインズ理論が有力となった。それは、着実な成長のために経済循環を促しながら不安定を回避することを企図したものであった。資本主義に内在する対立は、物質的な生産力に合わせて社会関係を根本的に変化させる革命的な行動によって除去されるより、むしろ新たな建築や都市のデザインの発明により改善され洗練されるべきなのだ。ル・コルビュジエが資本主義下での避けられない社会的な対立を認めていたとタフーリは述べるが、同時にル・コルビュジエが与えた解法は形式的なものであり、発展を続ける資本主義に異議を唱えるのではなく、それを維持するものであったと指摘する。言い換えれば、分析は正しかったもののその結果において誤りがあったということである。

コルビュジエは、近代都市における階級の現実を考慮し、発展する都市メカニズムの中にそれら階級を、経営者と消費者として組み込んでいく、そしていまや組織という次元での《人間》となった民衆、その民衆を統合するための提案を行うことによって階級闘争を止揚しようとする。
(ibid.: p. 135〔前掲書、一五九頁〕)

ル・コルビュジエのプロジェクトが資本主義の社会経済的な危機を昇華(すなわち、イデオロギー化)する際に提供しているのは、集団行動や大衆参加への形式的なイメージに過ぎないのである。しかし同時に、一九二〇年代と三〇年代のいかなる進歩的な建築の美学も、これを越えることはできなかったとタフーリは主張する。すなわち、もし、進展する資本主義による技術的容量の増大が、合理的な統制の条件であるとするなら、都市はどのようになるのかを見通すことはできなかったのである。

芸術作品に関するベンヤミンの記述に基づけば、彼が建築に、芸術的な媒介を通し人々の社会への参加の主たる源を見出していたことは明らかだ。近代建築は、映画を媒介とすることによってのみ理解可能なものになるとするギーディオンの理念に従って、ベンヤミンは、芸術的な媒介が、百年前に始まった建設における革命的な変化に応じた人々の意識の変化を引き起こすことを期待していた。ベンヤミンが単に、映画による建築の受容のこうした効果を、より深い考察なしに主張したわけではない。事実、この主張は、工業化された資本主義の視覚文化の発展に関する総合的な解釈の中に位置している。この発展は、美術からではなく、むしろ日用品の消費や広告との関連において始まったのである。ベンヤミンの解釈によれば、一九世紀初頭における日用品の陳列は、近代の都市居住者に新たな集合体的な認知の習慣を付与し、その習慣は後に写真や映画を大量に受容することを可能にしたのだ。パリを例とすると、一九世紀に最も工業的に進化した国での社会的な発展は、大衆の視覚文化の先例のない急激な増加という体験として認識されていた。

それぞれ全く異なった手法ではあるが、パサージュという正統ではない建築と、オースマンの総合的な都市計画は、いずれも大都市の人々の集合体的な認知の習慣を根本的に変えたものとして捉えられている。この複合的な都市の組織——それらは、パサージュの迷宮とオースマンの大通りの幾何学的秩序からなる——はまさに、一九二〇～三〇年代のベンヤミンの視座によれば、芸術的媒介を通して、人々の参加のために取り戻されるべきものなのだ。それらの社会的で政治的な起源に関しては、大都市の再構成である両者とも、ブルジョアの経済的優位から生じた呪われた空間であると理解される。したがって、ベンヤミンにとっての鍵となる疑問は、そうした都市環境が生み出す社会的病理を癒やすための、そして集合体の批判的意識あるいは「覚醒」を生み出すための物理的手段を特定することに関連している。

ベンヤミンのこうした理解は、ルカーチの『歴史と階級意識』に応じるものである。ルカーチは、その一節「物象化とプロレタリアートの意識」で次のように記す。

だが、ここで忘れてはならないことは、実践的となったプロレタリアートの階級意識のみがこうした社会変革の機能をもっているということである。ところが静観的な、単なる認識の態度はすべて、究極的には自己の対象にたいして二元的な態度をとることになるのであり（中略）すなわち、こうした態度に対応しているものは、つまるところ過程には解消できない完成体としての一連の対象なのである。ところが、階級意識の弁証法的本質は、実践的なるものへの傾向をもち、プロレタリアートの行為に志向することである。すなわち、あらゆる非実践的態度に内在するこれ自身の直接性への傾向を批判的に意識し、過程としての総体または階級としてのプロレタリアートの行為への媒介あるいは関係を批判的に説明しようとすることなのである。(Lukács, 1971: p. 205［邦訳書、二五六～二五七頁］)

歴史的には、都市環境が民衆の参加という手法で建設されることは、たとえあったとしても非常にまれであった。よって多くの人々の経験によって都市環境をつくることは、まさに「一連の数多くの既製品として」ということになるのである。映画が、政治的に救済の可能性を有しているというベンヤミンの感覚は、彼の状況に関連している。ヨーロッパのファシズムを支持する労働者階級が映画資本の没収を要求したことは、今日の私たちには、むしろ絶望的な行為にみえる。しかし同時にベンヤミンは、映画産業は「強力なジャーナリズム機構を活動させはじめた。スターたちの出世物語や恋愛事件を売り物にし（Benjamin, 2002: p. 114〔BC1、六一四頁〕）」ていたことを認識していた。同時期のドイツの状況については、キャサリーン・ジェイムス＝チャクラボーティ（Kathleen James-Chakraborty）が、進歩的と退行的という語の利用する際の似かよった二元論について注意を喚起している。

> 大衆の感情を鼓舞するための、大戦間のドイツの建築での光の使い方は、これらの建築が最終的に支持することになる国粋主義的政策の、おおむね外部に位置し、ときに反対の位置をとることになった表現主義者の実験的風潮を源とした。エーリッヒ・メンデルゾーンにとって、光は、資本主義の新しい平等主義的なイメージに貢献するもので、ドイツの脆弱な民主主義への支持を鼓舞することを意図していた。大衆のコミュニケーションの方法としての、そうした抽象は、芸術的な視点からは間違いなく進歩的なものであったが、しかしながらそれらが左翼に対してそうであったほど効果的には、右翼に対して寄与し得ないということを、意味しないのであった。
> (James-Chakraborty, 2000: p. 89)

我々は、ベンヤミンの参加による社会形成への熱望に対して、冷静に評価しなくてはならない。なぜなら一方で、ベンヤミンは、芸術が、何ら媒介するものもなく、社会的な疎外や抑圧に終止符を打つことができるとは考えていなかったからだ。自身が詳述するように、学生時代の彼は、芸術を通したドイツの精神的な再生について深い関心を抱いていた。しかし彼の同時代の多くの人々と同様、第一次世界大戦がもたらした恐怖から、そうした興味を捨て去ったのである。他方で、彼が美学理論の純粋な概念を提示したに過ぎないと考えることは、ベンヤミンの芸術についての思考に対して極めて浅薄な評価をすることとなる。長らくシュルレアリスムに傾倒していたことが物語るように、ベンヤミンは、芸術的で理論的な生産を、当時の社会の資本主義的な組織化に対抗するための政治的活動とすべく取り組んでいたのである。建築のデザインに芸術的媒介を通じた救済という課題を負わせるということは、興味深い結果をもたらした。本章の最終節では、その後の進展やベンヤミンの建築に対する思考に通底する精神について検証する。

●シチュアシオニスト・インターナショナルとゲームのアーバニズム

ル・コルビュジエは、近代技術を歴史的にも類をみないものと考えていたにもかかわらず、建築の実践においては、人間や社会の本質が基本的に不変であるという確信を抱いていた。反対に、ベンヤミンが行ったような弁証法的な取り組みにおいては、物質的環境が変われば人間社会も変わると認識していた。ベンヤミンの建築についての評価は、主として社会における行動に対して無意識的な影響を与えるという意味で、集合体を規定する大きな拠り所であるということである。モダニズムの建築は、構築物による環境と社会組織との間を明確に結びつけようとし、建物と行為の間の強い結びつきを特定しようとしていた。このように技術と社会の関係を形にしようとすると、たいてい建築家による「統制」へと傾いていく。ベンヤミンが示唆するのは、工業技術の発展から、この関係について新たな捉え方が可能となったいうことである。それは「ゲーム」という理念である。

これは、芸術および政治集団として知られるシチュアシオニスト・インターナショナル（ＳＩ）の理念の中心をなすものであった。ＳＩは一九五七年に結成され、一五年以上にわたり、日常生活における批判理論の構築とその実践を展開した。この活動が初期に注目したのが、二〇世紀初頭の前衛芸術における実践のための諸形式を政治的に再構成することである（McDonough, 2002; Knabb, 2007）。主たるメンバーはパリを拠点としたが、ヨーロッパ各地にも存在した。彼らの活動に対する関心が高まりをみせるまでには十年ほどを要することとなるが、一九五〇年代の終わりにＳＩは近代の都市計画や建築に痛烈な批判を行った。例えば一九五八年からの「都市計画への批判」で彼らは主張する。

これ以降、都市計画の危機は、いっそう具体的には、社会や政治の危機を意味するようになった。今日では、伝統的な政治から生まれたいかなる力も、そうした問題を解決することがもはやできないとしても（中略）官僚主義的な消費社会は「あちこちで、それぞれの環境を形成し始めた」。この社会は、ニュータウンとともに、自らを正確に表象する場所を建設し、それ自身の機能に最も合う環境同士を結び合わせている。その一方で同時に、それは、疎外と束縛というその根本的な原則を、空間的な言語、日常生活の組織における明瞭な言語に翻訳している。(McDonough, 2002: p. 106)

一九六七年に出版され、一九六八年のパリの五月革命に重要な影響を与えたとされるギー・ドゥボール (Guy Debord) の『スペクタクルの社会』は、その十年前からSIの機関誌に掲載された消費社会の分析についての記事をまとめたものである。ここでは「状況を構築する」というSIの当初の関心事にならい、ドゥボールは、大切なのは都市における疎外を緩和するといった単純なことだけではなく、都市への純粋な参加がどのようなものなのかを示すことでもあると主張している。

プロレタリア革命とはこの人間的地理による批判であり、それを通して個人と集合体は、もはや単に自分たちの労働が横領されているということだけではなく、自分たちの全体的な歴史が横領されていることだけではなく、自分たちの全体的な歴史が横領されていることにも応える風景と事件を構築せねばならない。絶えずかたちを変えるこのゲームの空間、ゲームの規則を自由に選んで変化するこの空間のなかでこそ、場所の自律性を再発見することができる。この自律性によって、再び一つの土地にのみ縛られることなく、旅の現実を、そしてそれ自体のうちに自らのあらゆる意味を持つ旅として理解された生の現実を、取り戻すことができるのである。(Debord,

1995: p. 126〔邦訳書、一六一～一六二頁〕〕

この反-都市計画的で「絶えずかたちを変えるこのゲームの空間」を生み出した計画には、最初は都市の徘徊または「漂流」という名前が付されていた。それは当初、シチュアシオニストの前身である文学主義（レトリズム）グループの信条であった。「漂流」は、一九五三年頃以降すでにレトリズムが行っていた活動であり、初期のシュルレアリストたちが、怪しげな場所や偶然による遭遇を求めて、パリのあまり人目につかないものの最先端の通りを徘徊していたことから、意識的に引き継がれたものであった。一九五六年に出版され一九五八年の『ＳＩジャーナル』第二号に掲載されたテキストで、ドゥボールは都市の漂流の基本的な意味を述べる。

シチュアシオニストの実践のうち基本的なものの一つに「漂流」がある。それはさまざまな環境を素早く通り抜けるテクニックである。「漂流」はゲーム的で建設的な振る舞いと心理地理学の効果への認識を伴う。したがって、旅や放浪といった古典的な概念とは全く異なるのである。「漂流」では一人かそれ以上の人々が、ある一定の間、彼らの関係や仕事、余暇にする行動、そして動いたり行動したりするのための、すべてのいつもの動機から切り離され、彼ら自身を、地勢の魅力や、彼らがそこで見出すものに導かれるままにする。(Knabb, 2007: p. 62)

ドゥボールが提示したゲームと建設の融合は、ベンヤミンの「第二の技術」という解釈や、精神による自由連想というシュルレアリスムの構築原理、あるいは「自動記述」と同調する。ブルトンが一九二四年に『シュルレアリスト宣言』の初版で明らかにしたように、近代芸術の革命的な可能性は、物質的環境に対する確固とした慣習を打破しようとする姿勢の中にある。したがって、その挑戦は、真に集合体的な参加を実現させるような「ゲームの空間」のデザインを生み出す。これは、初期のSIの主要メンバーであり一九五八年創立のアムステルダム支局の中心人物であった、オランダの芸術家で建築家のコンスタント・ニーヴェンホイス（Constant Nieuwenhuys）（コンスタントの名で知られている）に引き継がれた。

一九五九年に、コンスタントは『SIジャーナル』に掲載された「異なる生活のための異なる都市」において、シチュアシオニストの反-都市計画を、娯楽とゲームのための都市計画と性格づけた。より具体的にいうと、コンスタントの取り組みは、ゾーニングや「輝く都市」、さらに田園都市というモダニストの都市計画に反対し、密集することの必要性を主張した。したがって、シチュアシオニストによる反対案——当初は「一体の都市計画」と呼ばれたもの——は、何よりも集合体で行うゲームのための環境の建設を通じて、隔絶や個人主義を凌駕しようという試みなのだ。

多くの近代の建築家たちが採用した田園都市の理念の代わりに、我々は覆われた都市のイメージを提案する。そこでは、大通りと孤立した建物群というレイアウトは、地面の上に建ち上がった連続する空間的構築物に道を譲る。そして、それは公共空間と同様に住居群を含んでいる（それは、必要性に応じて目的の改変を許容する）。機能的な意味におけるすべての交通は基壇の下か上を通るため、通りは廃止することができる。都市を構成する多数の通過可能な空間は、巨大で錯綜した社会的空間を構成する。自然への回帰――これは庭園の中に住むという考え方で、かつては孤独を好んだ貴族たちがやっていたことである――などからはほど遠いが、私たちは、そうした巨大な構築物に、自然を克服し、これらさまざまな空間の中にある、雰囲気や光や音を意のままに操ることができる可能性を見出す。(McDonough, 2002: p. 96)

コンスタントの主張にみられる、明らかなモダニストの言説の名残や、建築デザインが社会に直接効果をもたらすというごくありきたりな確信が、彼を一九六〇年のＳＩからの離脱もしくは追放（これは立場によって捉え方が異なる）へと導いた。その後の一五年間、コンスタントの取り組みはニュー・バビロン計画を主としたものだった。それは素描や模型あるいは彫刻によって、集合体でゲームの環境を生み出そうとするものであった。ニュー・バビロンにあっては、都市環境は、モダニズムの建築の主導者が提案したような効率を重視して建設されるものではなく、むしろ、居住者の立場から、豊かで変化に富んだ集合体を創出するためのものである。具体案としてコンスタントが考えたのは、互いに区別される必要のある心理的な環境によるゾーニングという、初期の心理学的地理学のアイデアに則りつつ、愛着ある環境を自発的に生み出し手を加えるということであった。この結果として生み出される空間の全体的な流動性と局所的な個人の順応性への関心から、コンスタントが考える物質的環境は、ゲームが想定された生活の実現のためにより詳細に表現された。

それは主に水平の構造物で、地面より一五〜二〇メートル高く、一〇もしくは二〇ヘクタールの拡がりを有する。全体の高さは三〇〜六〇メートルの間ぐらいか（中略）ニュー・バビロンのセクターのスパンとヴォリュームは、小さな構築物に比べ、より外部の世界から独立したものである。例えば、そこでは日光は、数メートルしか貫通せず、内部空間の大部分は人工照明である。太陽熱の蓄積と、寒冷時の熱損失はとてもゆっくりなので、周囲の気温は、内部の室温にほとんど影響しない。屋内環境の条件（日射の強さや温度、湿度、換気）は、すべて技術的に制御される。内部では、さまざまな屋内環境が創り出せ、意のままに調整もできる。（中略）AVのメディアも同じようにして使用されるのだ。諸々のセクターからなる変動的なこの世界は、分散的かつ公共的な設備（送受信ネットワーク）に依拠している。膨大な数の人々がイメージや音の送受信に参加するということを考えると、完璧な衛星通信こそが、遊戯的な社会的振る舞いにおける重要なファクターとなる。（Constant, 'New Babylon'）

コンスタントによる建築的なユートピアを適切に評価しようとするとき、あらゆる理論的な説明よりも、むしろ彼のドローイングや模型、あるいは彫塑的な表現こそが、何よりもゲームの社会という彼の意図を明確に伝えるものであることを心に留めておくことが重要である。これらの表現は、確かにベンヤミンやシュルレアリストたちによって高く評価された迷宮としての都市のモデルを呼び起こす。アンディ・メリフィールド（Andy Merrifield）は、以下のように言及している。

コンスタントのプランのいくつかは、気分を浮き立たせる、鮮やかな色彩が施された解体の風景であり、未来派的な都市のプレキシガラスによる模型なのだ。二、三の巨大な飛行機の格納庫に見えるものや、半分だけ完成したショッピング・モール、巨大な建設現場での鉄の足場の空隙、そして崇高なピラネージ流の迷宮などである。（Merrifield, 2002: p. 99）

ニュー・バビロン計画に関するその後の論説には、コンスタントの視覚化されたユートピア像への反響がいかに多岐にわたるかが示されている（de Zegher and Wigley, 2001）。例えば、建築理論家のアンソニー・ヴィドラー（Anthony Vidler）が自身の論文において好意的に述べている。

このユニークな絵画の集積の、特段に歴史的で論議の的となる影響を明記する際に、まず私を魅了するのは、ニュー・バビロンへのコンスタントの計画の計り知れない「迫真性」なのである。それが有する実現可能性の感覚はもちろんだが、その一方ではすでに構築されてしまった感

覚でさえもあるのだ。(Vidler, 2001: p. 83)

トム・マクドノー(Tom McDonough)によるより詳細な分析は、コンスタントのダイアグラムや視覚イメージが秘めたユートピア的な可能性というヴィドラーの主張に直接異議を唱えるものである。彼によれば、それは政治的な退行である「存在としての建築」というコンスタントの構築物にとって不可欠なものとして、そのイメージを決定づけるものなのだ。マクドノーは「コンスタントの目的と、彼が創り出した実際のイメージの間との、あるいは、ニュー・バビロンの理論的な都市計画批判と、彼によるメディアの無批判的な利用の間との、埋め尽くせない一貫性の欠如(McDonough, 2001: p. 99)」と述べる。人々の参加についての可能性を認めるというより、マクドノーは、ニュー・バビロン計画が、後期資本主義的消費における構築的環境を形成するまでにいたった道具的合理性の力に降伏したとみる。

ユートピア——どこでもない場所——をデザインしようという試みにおいて、コンスタントは不注意にも、我々の現代における、非-場所を予示したのだ。それらは、空港、自動車道路、ショッピングセンター、そして一般的に、今世紀の終わりには私たちの日常生活をますます決定づけることになる、すべてのあの偽りの建築である。(中略)これらの図面は、非常に力強いものであるとはいえ、矛盾についての言語を体現しているよりもむしろ、自身が矛盾した言語の泥

沼にはまったままであるといえよう。(ibid.: p. 100)

ベンヤミンはギーディオンの思考に従い、建築的構築に、社会環境の未来の姿をさり気なく指し示している「建築的無意識」を示唆した。ある種の建築的構築は「来たるべき時代を夢みる」こととなる。同時に、具体的なイメージを用いて、来たるべきものを予言し予見しようとする試みについては、それを執拗に禁じている。彼は後年の著述である「歴史の概念について」に関連する記述において次のように記す。

「救済［解放された］人類」はいかなる根本秩序のうちにあるのか、この根本秩序の発生はいかなる条件の支配下にあるのか、そして、その発生をわれわれはいつ当てにできるのか、ということを知ろうとする者は、答えが存在しない問いを立てているのである。同じように、この者は、紫外線は何色をしているのか、と尋ねる事もできるだろう。(Benjamin, 2003: p. 402［BC7、五八一頁］)

未来を具体的に予言することが禁じられたことに照らすと、コンスタントはニュー・バビロンの実現を決して意図していなかったということに留意する必要があろう。さらに彼のイメージと模型は、一般的には建築と芸術についてのベンヤミンの理解にとって中心的なものとみなされてきた、以下の二つの項目と確かに関連していた。一つ目は迷宮としての近代の大都市という概念であり、二つ目は統制からゲームへの移行という、技術の歴史的段階の変換という理念である。建築の計画は、ベンヤミンが禁じた、人間性の救済という状況を具体的に構想すること、常に対立関係にあろうとするものだが、コンスタントの表現は、ベンヤミンの思考の精神を継承した、参加する建築を計画するための有効な試みとしてみなすことが依然可能なのである。

●記憶のための反-モニュメント建築

コンスタントの集合体的ゲームとしての建築は、ベンヤミンのユートピア的な思想の一面を示したものと捉えられよう。アルド・ロッシ（Aldo Rossi）の取り組みは、ベンヤミン思想の別の一面に対応するものであるように思われる。それの特徴は、建築物の記念碑的な性質への着目である。ヴェンチューリの有名な著作『建築の多様性と対立性』が刊行された一九六六年に、都市における構築物のもつ集合体的で歴史的かつ政治的な本質に焦点を当てたロッシによる著書『都市の建築』も刊行された。当時は建築におけるモダニストの規範への反発が高まりをみせており、同書でロッシは、都市が人々の記憶を表現し伝達する能力をもつことについて深い関心を示していた。彼は、都市計画の重要な役割を認識する一方で、都市が作り出す創成物の「個別性」と呼ぶものを強調する。

都市環境の質は、建築の記念碑としての機能と密接に関係している。この関係についてロッシは、ロースが一九一〇年に建築に関する講演で残した名言を引用する。「森のなかで、長さ六尺に幅三尺の塚がピラミッド状に鋤で形づくられているのを見い出したとしたら、誰でも真面目になり、そしてなにものかが我々のうちに語り掛けるのを聞くだろう。「ここに誰かが葬られている」と。それが建築なのだ（Rossi, 2002: p. 107〔邦訳書、一六五頁〕）」。事実、ロースは、建築の二つの基本的なひな形として、墓（ドイツ語でGrabmal）とモニュメント（Denkmal）を提示している。ベンヤミンにとって、パサージュ論の目的は、新たな歴史地理学的方法、すなわち彼のいうところの「目覚めの技法（Benjamin, 1999b: p. 388〔PA3、五頁〕）」を用いてパリを分析することであった。目覚めは「追悼的想起の弁証法的転換あるいはそのコペルニクス的転換（ibid.〔前掲書、五頁〕）」により達成されるのだ。「想起」は、ドイツ語ではEingedenkenで、これは日常的なドイツ語の用法では記憶力を意味するGedächtnisという語に関係している。本来、Eingedenkenが意味するのは、単に心の中に何かを保持すること、または抱くことである。これは墓やモニュメント双方がもつ明らかな機能なのである。

建築と記憶のこうした結びつきは、「歴史の概念について」におけるベンヤミンのある考え方と効果的に関連づけることができるだろう。それは、高度に発展した資本主義という状況下で文化的進歩に追従していた野蛮行為（バーバリズム）の記録についてのものである。それに関する記述の中では、ベンヤミンは歴史における革命的な救済を、「過去のはっきりそれと区別される部屋、そこは、それまで閉鎖され施錠されてきた（Benjamin, 2003: p. 402）」場へと到達できる能力に関連づける。彼は続ける、「この部屋へ入ることは精確にいうと、政治的行動と一致するもので、そこに入ることによって、政治的行動は、破壊的でありながら、救世主的なものとして現れるのだ（ibid.: p. 402）」。

モダニストが唱える機能主義がもつ過剰ともいえる側面に対する、ロッシの作品における挑戦的な態度は、何よりも彼にとって都市の個別性に端を発している。この個別性は、各々の都市の場所あるいはその歴史から引き出されたものであると彼は考えている。ロッシによれば、この個別性が始まるのは「出来事とその出来事を示すしるしにおいてだ（Rossi, 2002: p. 106〔邦訳書、一六五頁〕）」。そして建築に関する基本的な課題は、次のことに関係すると捉えられている。「モニュメントや都市、構築物のそれ（個別性）であり、従って個別性の観念とその境界線（ibid.: p. 107〔前掲書、一六六頁〕）」である。彼はこう結ぶ。「これらの問題は大部分が集団的性格のものである。ここでは手短に場所と人間との関係の考察をしておかなければならない。そして次に生態学と心理学の関係をみるということにする（ibid.）」。

前節において、構築的環境と社会行動の関係に対する同様の関心を、シチュアシオニストの試みの中にも見出した。場所の個別性への人々の認識は、消費文化が均質的な都市環境を作り出すものだと捉えられるときにおいては、反抗的な政治的行動とみなし得る。二〇世紀初頭からの都市社会学で広く知られるように、このプロセスの重要性は、ドゥボールが『スペクタクルの社会』で強調している。

抽象的な空間を持つ市場のための大量生産日用品の蓄積は、あらゆる地域的障壁と法的障壁を崩し、(中略) 同様にまた、土地に備わった自律性と質をも解体することになった。この均質化の力こそが、すべての壁を崩壊させた巨大な大砲だったのである。(Debord, 1995: p. 120〔邦訳書、一五四頁〕)

シチュアシオニストは、建設の新たなパラダイムついては懐疑的であるが、ロッシは人々にとっての真の記憶の場を構築することの永続的な可能性を主張する。建築について彼が記述するのは、主として場所性とデザインとの関係についてである。場所の個別性は、ロッシによれば建築への侮辱的な障害物などではない。逆に、建築の歴史とは、それぞれの建築物にとって、その場所でしかない、独自の対応であったことの精密な記録である。彼は建築のデザインの感覚を把握するのに有益であった「コンテクスト」という概念を否定し、代わりに「モニュメント」という理念を好む。

モニュメントは歴史的に規定されたその存在以上にリアリティをもっており、それは分析に値する。我々はそれのみか「モニュメント群」を建設することもできる。しかし最前もみたごとく、これを行うためには、我々は建築を必要とする、つまり一つの様式が必要となるのだ。(中略)唯一、一個の建築的様式の存在のみが最初の選択を許容するのである。そうした選択において、都市は成長する。(Rossi, 2002: p. 126〔邦訳書、二〇六頁〕)

このようなモニュメントへの注視から、ロッシは次の結論を導く。「都市そのものが民衆の集団的記憶である。そして記憶と同様、それは創成物や場所と結びつく(ibid.: p. 130〔前掲書、二一三頁〕)」。

ベルリンにおける幼年期のベンヤミンの記憶に始まり、ここまで彼の経験と思考が、いかにその本質において特定の地域に深く関連したものであったかをみてきた。彼の晩年の著述では、歴史的な救済は、人々による真の追想の行動を通じてのみ達成されるという理念にますますとらわれるようになった。個々の救済は、個人の記憶が刻まれたオブジェと邂逅することで発見されるべきものであるというプルーストの理念と同じように、パリのパサージュに注意を向けることについてベンヤミンが抱いていた理念とは、これらの場所の回想を通じてこそ、資本主義という社会的な破滅から救済されうるというものであった。モダニズムがベンヤミンに示したのは、都市環境をつくり変えることで、ブルジョアの室内に残された退廃を消し去ることができるということであるが、彼はシュルレアリスムとの邂逅により、そうした空間のアウラを簡単に払拭できないことを確信した。歴史の悪夢は大惨事の本当の顔を覆い、集合体的な無気力を維持するためのテキストや資料を生み出すのである。

ベンヤミンの思考によれば、建築的なモニュメントとは与えられた物事の規律に抵抗するものであり、そのためには物質文化の道具となった個人主義に代わるものを具体的に見出せなければならない。それらは、住み慣れた都市で起こったかつての苦難を思い起こさねばならないのだ。すべての都市を新しく構築し直さなければならないというモダニストの命題は、二〇世紀後半の都市運動ではっきりと否定された。ベンヤミンの思考に従えば、現在を救済する唯一の道は、歴史ある場所に刻まれた可能性を再生することなのだ。この意味で、都市における反-モニュメントは、均質な形態の構築物による環境の形成を阻むくさびとなるだろう。そしてこの反-モニュメントは、現実を当たり前のように支配しているものが、人々の抵抗によっていつでも覆されうることを、思い起こさせてくれるものだ。ロッシは格調高い言葉で述べる。

このように複雑な都市の構造が、一つの議論のなかから、それも、その参照語彙が至って断片的であるようなそれのなかから、浮かび上がってくる。おそらくそれは、ちょうど個々の人間の生活や運命を支配する法則と同じものなのだ。どの伝記にも興味を惹くに充分な話題が詰まっているものであり、およそ伝記というものがすべて生と死との間のことに限定されているにもかかわらず、そうなのだ。確かに、都市の建築は、このすぐれて人間的事象は、こうした伝記の具体的記号なのだ。意味や感情を超えたところで、それにより我々は都市を知るのだ。(ibid.: p. 163〔前掲書、二七一〜二七二頁〕)

第6章　ベンヤミンの追想　*Benjamin's Memorial*

ベンヤミンのパリへの愛着は、滞在した一九四〇年の六月まで続いた。まさにこのとき、ドイツ軍がフランスに侵攻したため、彼は妹のドーラとともにルールドに逃れたのだ。12月中旬に港湾都市マルセイユに着いたときに、ようやくアメリカ入国のためのビザを取得したが、すでにフランスは降伏していた。それは彼がこの国を離れることができないことを意味した。九月下旬、汽車でピレネー山脈のスペイン国境まで移動したが、妹はルールドに残していた。二人の知人とともに、彼は徒歩で国境の山を越えようとした。しかし体力の衰えから、休息のために国境のフランス側まで知人たちと戻ることはできなかった。九月二五日、彼は山中で一人で夜を明かした。その後知人たちと合流し、国境のスペイン側であるポルト・ボウに入る。ところが、国境警備隊から、すでにスペイン政府は国境を封鎖したことを告げられる。翌日、彼らはフランスに送還された。キャンプで勾留されるか、さらに過酷な状態に追いやられることは明らかだった。

九月二七日早朝、ベンヤミンは大量のアヘンを摂取した。知人のうちの一人に、妹に会うことを頼み、短い書簡を託した。

出口がない状態だ。終わらせること以外に、他の選択肢はない。ピレネーの小さな村、誰も私のことは知らない場所で、私の人生は終わるのだろう。

ベンヤミンの所持金は少なかったものの、五年にわたり田舎の墓地の一部を間借りするには足りた。死亡証明書には彼自身の希望によって自然死と記録された。そこに記された氏名は「ベンヤミン・ヴァルター」であり、彼のユダヤ人としての身元を隠すことで、キリスト教の墓地に埋葬されることがかなった。五年後、墓地の保有権が失効し、ベンヤミンの遺体は、集合墓地へと移されたとされる。一九三一年五月からの日記で、彼は自殺について記している。

この心の用意は、切迫したパニックによって促されたものでは決してなく、たとえそれが経済戦線における格闘での疲れにどれほど深く関連していようとも、ある特別な感情なしにはありえないことだろう――つまり、〈ひとつの生を、その最高次の願いが叶えられた生を、もう生きてしまった〉という感情。この最高次の願いを、私は、生まれてのちこれまで生きてきたあいだに私の運命の筆跡で覆われてしまったページの、いわば根源的なテキストとして、もちろんいまはじめて経験したのだ。(Benjamin, 1999a: p. 470［BC7、一二八頁］)

ここでベンヤミンは三つの願いを記すが、そのうち表題をつけたのは、「遠距離への願望、なによりも長い旅」のみであった。ここでは、一九二四年にベルリンからパリへ逃れた後に、いかに資金を使い果たしてしまったかを回想し、彼が幼年期を過ごした都市に戻るより、むしろ海岸の洞穴に住むことを夢みた。数日後の日記で、想像上の洞穴での隠遁生活で目にしたであろう光景を記している。

私は外の風景をみる。するとそこには海が湾のなかで、鏡のように滑らかに横たわっている。森は、じっと動かぬ沈黙した塊として、山の丸い頂まで高まってゆく。その上には、すでに数百年前その姿で立っていた。崩れ落ちた城の廃墟。空は、雲ひとつなく、ひとがそう呼ぶところの「永遠の青」のなか光り輝いている。この風景に沈潜する夢想家は、そんなふうに、形象イメージの世界に喜びを感じたいのだ。（中略）そんなふうに、自然を、色褪せた形象イメージの名において停止させること——それが情感性のなす黒魔術なのである。自然を、新たな夜明けのもとに凝固させるのは、しかし、詩人の天分である。（ibid.: pp. 473-4［前掲書、一三八〜一四〇頁］）

イスラエル人芸術家ダニ・カラヴァン（Dani Karavan）は、ベンヤミンが生涯を閉じたポルト・ボウの地に彼を追悼する作品を残すことで、ひとつのイメージを独自に結実することを試みた。崖の斜面に道や階段が彫り込まれ、そこから海を見下ろせるようになっている。カラヴァンは、この構築物を通して見られる波のうねりがベンヤミンの波乱に富んだ人生と呼応している、と記している。観察者と海を隔てるガラスの板には、死者の言葉が刻まれている。「名声を得た人より、無名の人の記憶を称えることのほうが困難である。歴史的な構築物は、この無名の人々の記憶に捧げられる」。カッチャーリは記す。「ちょうどベンヤミンにとってそうであったように、一瞬一瞬が救済の「小門」を開示しうる。そして同じようにしてロースにとっては、建築の「ほんの小さな部分」だけが芸術へと開かれうるのである（Cacciari, 1993: pp. 196-7)」。疑いなくベンヤミンはもう少し言葉を補うことを望んだであろう。それは、残りの数カ月の人生であることを覚悟した辞世として、ハンナ・アレント（Hannah Arendt）への手紙の中で冗談まじりにつづった次の言葉である。「かれの怠惰は数年にわたってかれを、世間から隠れた放浪生活の暗がりのなかに、栄誉とともにおしとどめたのであった（Scholem and Adorno, 1994: p. 637〔ＷＢ15、三一〇頁〕)」。

これまでは、ベンヤミンの思想を近・現代建築の文脈の中に位置づけることを試みた。その初めに述べたように、建築理論へのベンヤミンの貢献を示す中心的な思考は、住居から住宅への変移の認識である。ハイデッガーといった同時代の思想家たちが、住居を近代の生産技術の社会的衝撃に抵抗するように機能するものとみなしていたのに対して、住宅は社会活動を技術生産に適合させようとするものであった。ベンヤミンは、近代建築を同調と批判をおりまぜながら、その社会的重要性を推し量ることに尽力した、二〇世紀の西洋の思想家の中でも数少ない重要な人物である。彼の近代芸術やデザインとの関係にも、同様の微妙さがある。彼は、前衛を反動的に放逐することを回避する必要を認識していたが、モダニズムが人々の真に社会的な活動範囲となるのに失敗したことを認めてもいるのだ。

一九七〇年代の西洋の建築が直面することとなる、設計者という主体の危機は、「生産者としての〈作者〉」などの著述によりすでに予見されていた。そこでベンヤミンは、ブルジョアや芸術家たちに技術的な専門知識の狭隘さを凌駕することを求めていた。同様にベンヤミンは、都市全体を一新しようとするモダニズムの無分別さに警告を発していた。また都市は、人々の記憶の場であるというロッシの概念を先取りしながら、無頓着な都市の更新に対抗するために、世代を超えた公平性という理念を主張した。最後に、ベンヤミンの思考は、迷宮という思考像へ何度も立ち返ることを通じて、ゲームとしての建築を予言した。ここでさらに、建築においてモダニストの規範に代わるものを予見する。つまりシチュアシオニストの都市の漂流や心理学的地理学、コッターとロウの建築的コラージュというアイデア、レム・コールハースの錯乱した大都市主義、そしてバーナード・チュミのノヴェント・シティなどである。

刺激の多い現代こそ、ベンヤミンの作品と向き合うべき時期である。長年にわたり、ベンヤミンの数少ない著述は、古典として正当に認識されてきた一方で、理論家や実務家は、ようやくベンヤミンの思考をより正確に理解できる非常に有利な立場にいる。『パサージュ論』は英語版も出され、『著作選』は二〇〇三年に全巻が出版された。このように、発見され、理論と実践の無数の領域で検証されるべき価値があるのだ。『パサージュ論』はベンヤミンの傑作というよりも、故意に乱雑にスケッチが収録された、後の取り組みへの方向性を示すものとして捉えられるべきである。アカデミズムが見逃したものであっても実務家には糧となるはずである。なぜならば、ベンヤミンの思考における大いなる概念的な開放性により、創造的な批判的反応への余地が残されているからである。

ちょうどベンヤミンが、自らが生きた社会状況の源泉を一九世紀中頃に見出していたように、ベンヤミンの成熟した思考は、現代の建築や芸術の文化の最初の数十年と、ほぼ間違いなく対応する時代になっていることには興味をそそられる。こうしたことが示唆するのは、住居から住宅への変移が未だ明白に社会的には意識されるにはいたっていないということである。活気あふれる生き生きとした公共空間への関心が、多くの異種の社会集団を連携するように、根本的かつ喫緊のものとなりつつあることの兆しが強まっている中にあって、ベンヤミンは、こうした関心を効果的に強調したい人々に数多くの示唆を付与した。本書では、近代の理論や建築史をより直接的に取り上げてきたが、最後の分析で本書は、現代の建築実践者に対して、父の死後の我々の同時代人としてのベンヤミンを提示するにいたったのである。

引用文献 *Bibliography*

Adorno, T. and Horkheimer, M.（1997）'The Culture Industry: Enlightenment as Mass Deception', in *Dialectic of Enlightenment*, trans. J. Cumming, London/NewYork: Verso.

Bachelard, G.（1994）*The Poetics of Space*, Boston: Beacon Press.（ガストン・バシュラール、岩村行雄訳『空間の詩学』ちくま学芸文庫、二〇〇二年）

Baudelaire, C.（1964）'The Painter of Modern Life,' in *The Painter of Modern Life and Other Essays*, ed. And trans. J. Mayne, London: Phaidon.

Benjamin, W.（1986）*Moscow Diary*, ed. G. Smith, trans. R. Sieburth, Cambridge, MA: Harvard University Press（ヴァルター・ベンヤミン、藤川芳朗訳『モスクワの冬』晶文社、一九八二年）

——(1991) *Gesammelte Schriften II*, eds R. Tiedemann and H. Schweppenháuser, Frankfurt: Schrkamp.

——(1994) *The Correspondence of Walter Benjamin*, eds T. Adorno and G. Scholem, trans. M. R. Jacobson and E. M. Jacobson, Chicago: University of Chicago Press.（ヴァルター・ベンヤミン／テーオドーア・W・アドルノ、野村修訳『ベンヤミン／アドルノ往復書簡（上）（下）』みすず書房、二〇一三年）

——(1996) *Selected Writings*, vol. 1, eds M. Bullock and M. Jennings, Cambridge, MA: Belknap Press.

——(1999a) *Selected Writings*, vol. 2, eds M. Jennings, H. Eiland and G. Smith, Cambridge, MA: Belknap Press.

——(1999b) *The Arcades Project*, ed. R. Tiedemann, trans. H. Eiland and K. McLaughlin, Cambridge, MA: Belknap Press.

——(2002) *Selected Writings*, vol. 3, eds H. Eiland and M. Jennings, Cambridge, MA: Belknap Press.

——(2003) *Selected Writings*, vol. 4, eds H Eiland and M. Jennings, Cambridge, MA: Belknap Press.

——(2007) *Walter Benjamin's* Archive, eds U. Marx, G. Schwarz, M. Schwarz and E. Wizisla, trans. E. Leslie, London/New York: Verso.

Bingaman, A., Sanders, L. and Zorach, R. (2002) *Embodied Utopias: Gender, Social Change and the Modern Metropolis*, London/New York: Routledge.

Bloch, E. (1995) *The Principle of Hope*, vol. 2, trans. N. Plaice and P. Knight, Cambridge, MA: MIT Press. (エルンスト・ブロッホ、山下肇他訳『希望の原理　第４巻』白水社、二〇一三年)

——(2000) *The Spirit of Utopia, trans.* A. Nassar, Stanford, CA: Stanford University Press. (エルンスト・ブロッホ、好村冨士彦『ユートピアの精神』白水社、二〇一一年)

Boyd Whyte, I. (ed.) (2003) Modernism and the Spirit of the City, London/New York: Routledge.

Breton, A. (1969) *Manifestoes of Surrealism*, trans. R. Seaver and H. Lane, Ann Arbor, MI: University of Michigan Press. (アンドレ・ブルトン、巖谷國士訳『シュルレアリスム宣言・溶ける魚』岩波文庫、一九九二年)

Buck-Morss, S. (1989) *The Dialectics of Seeing: Walter Benjamin and the Arcades Project*, Cambridge, MA: MIT Press. (スーザン・バック=モース、高井宏子訳『ベンヤミンとパサージュ論――見ることの弁証法』勁草書房、二〇一四年)

——(2006) 'The Fläneur, the Sandwichman and the Whore: The Politics of Loitering', in *Walter Benjamin and the Arcades*, ed. B. Hanssen, London/New York: Continuum.

Cacciari, M. (1993) Architecture and Nihilism: On the Philosophy of Modern Architecture, trans. S. Sartarelli, New Haven/London: Yale University Press.

——(1998) 'Eupalinos or Architecture', in *Architecture Theory since* 1968, ed., K. Hays, Cambridge, MA: MIT Press.

Constant, 'New Babylon', Online: www.notbored.org/new-babylon.html (accessed 25 March 2010)

Crary, J. (1992) *Techniques of Observer: On Vision and Modernity in the Nineteenth Century*, Cambridge, MA: MIT Press.

——(2001) *Suspensions of Perception: Attention, Spectacle, and Modern Culture*, Cambridge, MA: MIT Press Curtis, W. (2002) *Modern*

Architecture since 1900, London/New York: Phaidon Press.（ウィリアム・J・R・カーティス、五島朋子・末広香織・沢村明訳『近代建築の系譜――一九〇〇年以後（上）（下）』鹿島出版会、一九九〇年）

Debord, G.（1995）*The Society of the Spectacle*, trans. D. Nicholson Smith, New York: Zone.（ギー・ドゥボール、木下誠訳『スペクタクルの社会』ちくま学芸文庫、二〇〇三年）

——'Theory of the Dérive'（2007）in *Situationist International Anthology*, ed. And trans. K. Knabb, Berkeley, CA: Bureau of Public Secrets.

de Zegher, C. and Wigley, M.（eds）（2001）*The Activist Drawing: Retracing Situationist Architectures from Constant's New Babylon to Beyond*, Cambridge, MA: MIT Press.

Eiand, H.（2005）'Reception in Distraction', in *Walter Benjamin and Art*, ed. A. Benjamin, London/New York: Continuum.

Elliott, B.（2005）*Phenomenology and Imagination in Husserl and Heidegger*, London/New York: Routledge.

——（2009）'The Method is the Message: Benjamin's Arcades Project and Theoretical Space', *International Journal of Philosophical Studies*, 17: 123–35.

——（2010）*Constructing Community: Configurations of the Social in Twentieth–Century Philosophy and Architecture*, Lanham, MD: Lexington.

Ernst, M.（1976）*Une Semaine de Bonté: A Surrealistic Novel in Collage*, ed. S. Appelbaum, New York: Dover.

Etzioni, A.（1996）The New Golden Rule: *Community and Morality in a Democratic Society*, New York: Basic Books.

Flyvberg, B.（1998）*Rationality and Power: Democracy in Practice*, Chicago: University of Chicago Press.

Foster, H.（1993）*Compulsive Beauty*, Cambridge, MA: MIT Press.

Frampton, K.（1992）*Modern Architecture: A Critical History*, London Thames & Hudson.（ケネス・フランプトン、中村敏男訳『現代建築史』青土社、二〇〇三年）

——（1995）*Studies in Tectonic Culture: The Poetics of Construction in Nineteenth and Twentieth Century Architecture*, ed. J. Cava, Cam-

bridge, MA: MIT Press.
Geist, J.（1985）Arcades: *The History of a Building Type*, Cambridge, MA: MIT Press.
Giddens, A.（1998）*The Third Way: The Renewal of Social Democracy*, Cambridge: Polity Press.（アンソニー・ギデンズ、佐和隆光訳『第三の道——効率と公正の新たな同盟』日本経済新聞社、一九九九年）
Giedion, S.（1995）*Building in France, Building in Iron, Building in Ferroconcrete*, trans. D. Berry, Santa Monica, CA: The Getty Center for the History of Art and the Humanities.
——（2002）*Space, Time, and Architecture: The Growth of a New Tradition*, Cambridge, MA: Harvard University Press.（ジークフリード・ギーディオン、太田實訳『新版　空間・時間・建築　復刻版』丸善、二〇〇九年）
Hanssen, B.（2005）'Benjamin or Heidegger: Aethetics and Politics in an Age of Technology', in *Walter Benjamin and Art*, ed. A. Benjamin, London/New York: Continuum.
Harris, K.（1998）*The Ethical Function of Architecture*, Cambridge, MA: MIT Press.
Harvey, D.（1996）*Justice, Nature and the Geography of Difference*, Oxford: Blackwell.
——（2000）*Space of Hope*, Berkeley/ Los Angeles, Ca: University of California Press.
——（2003）*Paris, capital of Modernity*, New York/London: Routledge.（デヴィッド・ハーヴェイ、大城直樹・遠城明雄訳『パリ——モダニティの首都』青土社、二〇〇六年）
Heidegger, M.（2008）*Basic Writings*, ed. D. Krell, San Francisco, HarperCollins.
Horkheimer, M.（1972）'Tradition and Critical Theory', in *Critical Theory: Selected Essays*, trans. M. O 'Connell et al., New York: Herber & Herber.
——（1993）'A New Concept of Ideology?', in *Between Philosophy and Social Science*, trans. J. Torpey, Cambridge, MA: MIT Press.
Hvattum, M. and Hermansen, C.（eds）（2004）Tracing Modernity: Manifestations of the Modern in Architecture and the City, London/New York: Routedge.

Jacobs, J.（1993）*The Death and Life of Great American Cities*, New York: Modern Library.（ジェイン・ジェイコブズ、山形浩生訳『新版　アメリカ大都市の死と生』鹿島出版会、二〇一〇年）

James-Chakraborty, K.（2000）*German Architecture for a Mass Audience*, London/New York: Routledge.

Jameson F.（2005）*Archaeologies of the Future: The Desire Called Utopia and Other Science Fictions*, London/New York: Vesco.

Knabb, K.（2007）*Situationist International Anthology*, Berkeley, CA: Bureau of Public Secrets.

Koetter, F. and Rowe, C.（1984）*Collage City*, Cambridge, MA: MIT Press.（コーリン・ロウ／フレッド・コッター、渡辺真理訳『コラージュ・シティ』鹿島出版会、二〇〇九年）

Koolhaas, R.（1994）*Delirious New York*, New York: The Monacelli Press.（レム・コールハース、鈴木圭介訳『錯乱のニューヨーク』ちくま学芸文庫、一九九九年）

Lahiji, N.（2005）'"…The Gift of Time": Le Corbusier Reading Bataille', in *Surrealism and Architecture*, ad. T. Michel, London/New York: Routledge.

Le Corbusier（1929）*The City of To-morrow and its Planning*（*Urbanisme*）, London: John Rodker.

——（1967）*The Radiant City*, New York: Orion Press.

——（2007）*Towards an Architecture*, trans. J. Goodman, Los Angeles: The Getty Research Institute.（ル・コルビュジエ、吉阪隆正訳『建築をめざして』鹿島出版会、一九六七年）

Lefebvre, H.（2003）*The Urban Revolution*, Trans. R. Bononno, Minneapolis, MN: University of Minnesota Press.（アンリ・ルフェーヴル、今井成美訳『都市革命』晶文社、一九七四年）

Lesile, E.（2006）'Ruin and Rubble in the Arcades', in *Walter Benjamin and The Arcades Project*, ed. B. Hanssen, London/New York: Continuum.

Loos, A.（1998）*Ornament and Crime: Selected Essays*, ed. A. Opel, trans. M. Mitchell, Riverside, CA: Ariadne Press.（アドルフ・ロース、伊藤哲夫訳『装飾と罪悪——建築・文化論集』中央公論美術出版、二〇一一年）（アドルフ・ロース、加藤淳訳『虚空へ向

けて、一八九七～一九〇〇』アセテート、二〇一二年）

Luckacs, G. (1971) *History and Class Consciousness*, Trans. R. Livingstone, Cambridge, MA: MIT Press.（ジェルジ・ルカーチ、平井俊彦訳『歴史と階級意識』未来社、一九九八年）

McDonough, T. (2001) 'Fluid Spaces: Constant and the Situationist Critique of Architecture', in *The Activist Drawing: Retracing Situationist Architectures from Constant's New Babylon to beyond*, eds C. de Zegher and M. Wigley, Cambridge, MA: MIT Press.

——(ed.) (2002) 'Critique of Urbanism', in *Guy Debord and the Situationist International*, ed. T. McDounugh, Cambridge, MA: MIT Press.

McKuhan, M. (1993) *Understanding Media*: The Extensions of Man, Cambridge, MA: MIT Press.

Mannheim, K. (1995) *Ideologie und Utopia*, Frankfurt: Klostermann.（カール・マンハイム、鈴木二郎訳『イデオロギーとユートピア』未来社、一九六八年）

Marin, L. (1984) *Utopics: Spatial Play*, London: Palgrave Macmillan.

Marx, K. and Engels, F. (1978) *The Marx–Engels Reader*, ed. R. Tucker, New York: Norton

Merrifield, A. (2002) *Metromarxism,* New York: Routledge.

Michal, T. (ed.) (2005) *Surrealism and Architecture*, London/New York: Rouledge.

Miller, T. (2006) '"Glass before Its Time, Premature Iron": Architecture, Temporary and Dream in Benjamin's *Arcades Project*', in *Walter Benjamin and The Arcades Project*, ed. B. Hanssen, London/New York: Continuum.

Missac, P. (1995) *Walter Benjamin's Passages*, trans. S. Nicholsen, Cambridge, MA: MIT Press.

Pensky, M. (1993) *Melancholy Dialectics: Walter Benjamin and the Play of Mourning*, Arherst, MA: University of Massachusetts Press.

Pinder, D. (2005) 'Modernist Utopianism and its Monsters', in *Surrealism and Architecture*, ed. T. Michal, London/New York: Routledge.

Polizzotti, M. (1995) *Revolution of the Mind*: The Life of André Breton, New York: Farrar Straus & Giroux.

Rendell, J. (1999) 'Thresholds, Passages and Surfaces: Touching, Passing and Seeing in the Burlington Archive', in *The Optic od Walter Benjamin*, ed. Alex. Coles, London: Block Dog Publishing.

Richardson, T. and Connelly, S. (2005) 'Reinventing Public Participation: Planning in the Age of Consensus', in Architecture and Participation, eds P. Blundell Jones, D. Petrescu and J. Till, London/New York: Spon Press.

Richter, G. (2006) 'A Matter of Distance: Benjamin's *One-Way Street through The Arcades Project*', London/New York: Continuum.

Rice, C. (2007) *The Emergence of the Interior: Architecture, Modernity, Domesticity*, London/New York: Routledge.

Rochlitz, R. (1996) *The Disenchantment of Art: The Philosophy of Walter Benjamin*, trans. J. Todd, New York/London: The Guilford Press.

Rossi, A. (2002) *The Architecture of the City*, trans. D. Girardo and J. Ockman, Cambridge, MA: MIT Press. (アルド・ロッシ、大島哲蔵・福田晴虔訳『都市の建築』大龍堂書店、一九九一年)

Scholem, G. (1981) *Walter Benjamin: The Story of a Friendship*, trans. H. Zohn, New York: New York Review Books.

Scholem, G. and Adorno, T. (1994) *The Correspondence of Walter Benjamin*, trans. M. Jacobson and E. Jacobson, Chicago: University of Chicago Press.

Simmel, G. (1971) On Individuality and Social Forms, ed. D. Levine, Chicago: University of Chicago Press.

Sennet, R. (1994) *Flesh and Stone: The Body and the City in Western Civilizution*, New York/London: Norton

——(2002) The Fall of Public Man, London: Penguin.

Sherr, A. (2007) *Heidegger for Architects*, London/New York: Routledge.

Tafuri, M. (1976) Architecture and Utopia: Design and Capitalist Development, trans. B. La Penta, Cambridge, MA: MIT Press. (マンフレッド・タフーリ、藤井博巳・峰尾雅彦訳『建築神話の崩壊——資本主義社会の発展と計画の思想』彰国社、一九八一年)

——(1998) 'Toward a Critique of Architectural Ideology', trans. S. Sartarelli, in *Architecture Theory since 1968*, ed. M. Hays, Cambridge, MA: MIT Press.

Tafuri, M. and Dal Co, F. (1979) *Modern Architecture*, trans. R. Wolff, New York: Harry N. Adams.（マンフレッド・タフーリ／フランチェスコ・ダル・コ、片木篤訳『図説世界建築史　近代建築（1）（2）』本の友社、二〇〇二年、二〇〇三年）

Tonnies, F. (2001) *Community and Civil Society*, ed. J. Harris, trans. M. Hollis, Cambridge: Cambridge University Press.

Tournikiotis, P. (2002) *Adolf Loos*, New York: Princeton Architectural Press.

Venturi, R. (2002) *Complexity and Contradiction in Architecture*, New York: Museum of Modern Art.（ロバート・ヴェンチューリ、伊藤公文訳『建築の多様性と対立性』鹿島出版会、一九八二年）

Vidler, A. (2000) Warped Space: Art, Architecture, and Anxiety in Modern Culture, Cambridge, MA: MIT Press.

——(2001) 'Diagrams of Utopia', in *The Activist Drawing: Retracing Situationist Architecture from Constant's New Babylon to Beyond*, eds C. de Zegher and M. Wigley, Cambridge, MA: MIT Press.

Witte, B. (1991) *Walter Benjamin: An Intellectual Biography*, trans. J. Rolleston, Detroit: Wayne State Press.

Wolin, R. (1994) *Walter Benjamin: An Aesthetic of Redemption*, Berkeley/Los Angeles, CA: University of California Press.

訳者あとがき

本書はThinkers for Architectsシリーズの一巻、ブライアン・エリオット著*Benjamin for Architects*の全訳である。哲学と建築論の親近性は、それぞれの歴史が軌を一にすることに由来すると言っても過言ではなかろう。建築への真摯な思考は自ずと哲学的思考へとつながることは、現代にあっても、いや、価値観や媒介が豊富化を続ける現代こそ、より一層必要になっているのではないだろうか。

おずおずと建築論と建築制作との接点を模索してきた訳者にとって、「建築」には「哲学」が必要であることを痛感させられたのが、建築家・栄隆志氏の導きにより大学三年生の春に手にした磯崎新氏の『建築の解体』であった。本文はもとより巻末の参考文献を手に入る限り読みふける中に出会ったのが、ベンヤミンの「複製技術時代の芸術作品」である。アウラの喪失から全体主義への警告を発したこのエッセイを当時はどれほどの重みを持って読み取っていたのであろう。それでも何かを感じてはいた。その後も折につけベンヤミンの著作を手にはするものの、世界では脱構築からさまざまな分派がさまざまな主張を繰り返す流れの中で、なかなか集中できなかったのも正直なところである。同時にベンヤミン再評価の機運が高まりさまざまな著作を間近にするようにもなり、もう一度、ベンヤミンを検討してみたいという想いは募るばかりであった。そうした時、畏友杤木順綱先生から本企画へのお話を頂いた。これ幸いと本書の参考・引用文献、それらの邦訳、そして数多くのベンヤミン関連書を手に入る限り集め、意気込んでの着手であった。

しかし、そう、ご想像の通り、ベンヤミンのアレゴリカルな解釈という難題、賢者によるさまざまなベンヤミン像、さらに引用で参照にさせていただいた諸賢の翻訳の精密さに対する畏怖、そして、どちらかといえば建築畑の方が書かれる本シリーズにあって、本書が哲学畑の方によって執筆されているという困難。こうした状況の下、一時は自身の力不足を感じ入り断念すら考えた。同時に公私ともさまざまな変化が「予見」された。

「予見」は「記憶」と「不安」とを伴う。逆に「不安」を払拭するには、「記憶」を重んじながら、同時にベンヤミンに「投企」するしかない。その思いが今日、この「あとがき」を纏めさせている。

本書を手に取ってくださる方に、ベンヤミンの著書を読んでみようと思っていただければ、そして自身の「投企」への示唆を感じ取っていただければ、本書の責の一端は果たせたのではないかと考えている。

本書を「アウラ」あふれる故父・茂樹と母・三枝、妻・真紀、妹・里絵と恵に捧げたい。本書翻訳中、父は病に倒れ、母も重い病に、妻と妹たちはその看病にありながら、まさにベンヤミンが希求した「生」の姿の「救済」を、「自然」に振る舞うことで訳者を鼓舞してくれた。妻・真紀は、本来は共訳者とすべきなのだろう。訳者の乱暴な訳を丹念に精査し示唆を与え続けてくれた。また、土日・

昼夜もなく勝手気ままを続ける父を許す、娘・葉、息子・海にも哀心から礼をいう。

そして、何よりも微力な私を、神戸大学という恵まれた席に曲がりなりにも置かせて頂けるようにしてくださった、故嶋田勝次神戸大学名誉教授、安田丑作神戸大学名誉教授、三輪康一神戸大学名誉教授。そして栗山尚子神戸大学大学院准教授からの学恩に謝意を表したい。これら四先生のそれぞれの研究者としての素晴らしさとともに、研究と実践の統合へと向かわれる姿勢、そして先生方の「学び実践する人としてのアウラ」への憧れが、訳者をここへと導いてくださったことを改めて感じ入っている。さらに多数の先輩や友人、なかでも建築家・坂本昭先生には勉強会等の刺激的で得難い機会をお作りいただき、岩田章吾先生、福原和則先生には日々数々の含蓄ある示唆をうけた。深い感謝の念を表したい。また木村洋平氏には原稿を精読いただき、数々のご教授を授けていただいた。最後に本企画の一端を私に授けていただいた、朽木順綱先生とともに、なにより長期間に渡った翻訳期間中、訳者を忍耐強く叱咤し、そして思い切った意訳に挑戦する数多くの示唆をくださった丸善出版株式会社の小根山仁志氏には、特に深くお礼申し上げる。

本書を、今は亡き父と今も筆者を鼓舞し続ける母に捧げる。

生そして真の救済を願って

二〇一九年八月

末包伸吾

無意識……161, 181
迷宮……109-115, 169, 179, 182, 193
目覚め……183
メトロポリタニズム……4, 13, 71
メリフィールド，アンディ……179
「モスクワ」……36, 37, 41, 43
『モスクワの日記（冬）』……35
モダニスト……102-104, 117, 130, 132, 136-138, 143, 145-147, 154, 176, 177, 182, 184, 187, 193
モダニズム……81-83, 89, 95, 101, 104, 105, 107, 108, 114, 115, 117, 134, 136-138, 144, 147, 149, 153, 163, 172, 177, 186, 193
モダニズム建築……107
モダニティ……1, 5, 11, 81-83, 85-89, 100, 117, 127, 160
モニュメント……151, 182-187
モンタージュ……7, 21, 28, 37, 39-42, 51, 52, 61, 75, 77, 107, 136

や行

唯物史観……135
遊戯……3, 119
ユーゲント・シュティール……86, 94, 95, 100, 147
ユートピア……117, 120-127, 133-140, 142-149, 151, 153, 165, 178-180, 182
「夢のキッチュ」……48, 50

ら行

ラツィス，アーシャ…27, 32, 34, 35, 65, 134
ラディカリズム……47, 77, 80, 153
ラディカル……47, 60, 61, 67, 80, 120, 158
リチャードソン，ティム……154-156
リルケ，ライナー・マリア……14, 71
ルカーチ，ジェルジ……2, 170
ル・コルビュジエ……10, 14, 24, 28, 40, 60, 83, 84, 87-89, 92, 94, 95, 105, 111, 112, 114, 115, 124, 129, 130, 134, 136, 137, 143, 158, 163-168, 172
ルフェーヴル，アンリ……128
レヴィ=ストロース，クロード……40
歴史…114, 117, 120, 121, 126, 127, 132, 135, 139, 140, 142-144, 147, 148, 150, 160, 170, 172, 174, 179, 182-187, 192
「歴史の概念について」……10, 101, 121, 181, 183
ロウ，コーリン……39, 40, 193
労働者階級……60, 68, 69, 76, 102, 134, 145, 157, 161, 170
ロース，アドルフ……84-87, 89, 91-94, 183, 192
ロッシ，アルド……182, 184-187, 193

な行

「ナポリ」……………………27, 29, 30, 102
日用品…6, 15, 29, 50, 62, 63, 68, 87, 88, 98-100, 113, 123, 126-128, 132, 134-136, 141, 148, 156, 157, 169, 185
「認識論に関して，進歩の理論」………103

は行

廃墟……………………………148, 149, 191
ハイデッガー, マルティン…1, 9, 70-75, 192
ハーヴェイ，デヴィッド……9, 82, 83, 117, 125, 126, 137, 155
パサージュ…4, 22, 41, 47, 55, 58, 59, 61-64, 107, 112-114, 123, 127, 128, 130-132, 134-136, 138, 140-142, 147, 148, 161, 169, 186
『パサージュ論』…4, 7, 34, 36, 45, 47, 54-57, 61, 62, 64-66, 68, 74, 82, 95
バシュラール，ガストン………………150
パノラマ…………………………127, 128
ハーバーマス，ユルゲン…………………11
破滅……………………113, 126, 141, 186
「パリ——19 世紀の首都」……54, 63, 68, 94, 95, 122, 138, 148
「パリのパサージュ——弁証法的妖精劇」……………………………………131
ハワード，エベネザー……………123, 137
批判理論………………………1, 2, 57, 173
ピュリスム…………9, 89, 95, 107, 108, 147
漂流…………………………………175, 193
ヒルベルザイマー，ルートヴィッヒ…147
ファランステール…………………122-124
フォスター，ハル…………………………98
「複製技術時代の芸術作品」……7, 38, 41, 42
フーコー，ミッシェル…………………162
物質的環境…77, 82, 107, 111, 136, 172, 176, 178
ブーバー，マルティン……………………35
「プラネタリウムへ」………………67, 69, 76
フランクフルト学派………1-3, 34, 36, 138
「フランス作家の現在の社会的立場について」……………………………………158
フランプトン，ケネス……………164, 166
フーリエ，シャルル…………121-123, 125
ブルジョア……1, 8, 9, 19, 20, 26, 30, 32, 45, 50, 53, 57, 60, 62, 66, 68, 69, 75, 91, 94, 98-103, 113, 132, 134, 157, 169, 186, 193
プルースト，マルセル…14, 16-18, 24, 110, 113, 186
「プルーストのイメージについて」………16
ブルトン，アンドレ……3, 48-53, 55, 57, 77, 95, 97, 98, 115, 131, 176
ブレヒト，ベルトルト…65, 66, 75, 99, 157, 162
ブロッホ，エルンスト…………5, 133, 134
プロレタリア……………………………174
プロレタリアート…38, 65, 69, 76, 157, 158, 170
ヘッセル，フランツ……………16, 24, 25
「ベルリン年代記」……………19, 21, 25, 109
「ベルリンの幼年時代」……………18, 19, 22
弁証法……132, 134, 135, 141, 143, 148, 170, 172, 183
弁証法的イメージ…120, 135, 136, 139-142, 148
忘却…………………………………………130
ボードレール，シャルル…3, 81, 85, 86, 89
ホーフマンスタール，フーゴ・フォン…14, 47, 71
ホルクハイマー，マックス………2, 3, 120

ま行

マイ，エルンスト…………………145, 146
マクドノー，トム…………………………180
マクルーハン，マーシャル………………70
マラン，ルイ……………………………137
マルクス，カール………3, 54, 74, 103, 135
マルクス主義……62, 63, 122, 125, 136, 144
マルクーゼ，ヘルベルト……………………2
「マンション，十間，高雅な家具つき」…57
マンハイム，カール………………………120

さ行

参加…………10, 28, 115, 120, 151, 153-188
参画……………………………………10, 28
サン=シモン，アンリ……………………121
ジェイコブズ，ジェイン………………30
ジェイムス=チャクラボーティ，キャサリーン……………………………………171
ジェイムソン，フレデリック…………149
視覚………………………160, 169, 179, 180
思考イメージ……………………25, 109
自然…67, 68, 69, 70, 73, 74, 80, 95, 106, 118, 119, 121, 122, 128, 134, 177, 191
シチュアシオニスト……172, 173, 175, 176, 184, 185, 193
「室内，痕跡」……………………………99
自動記述……………48, 50, 53, 97, 105, 176
資本主義…126, 134-136, 141, 142, 144, 147, 150, 153, 161, 163, 164, 167, 168, 171, 172, 180, 183, 186
写真………………52, 75, 80, 141, 159, 169
住居……94, 95, 99-103, 106, 107, 115, 123, 132, 192, 194
集合体…54, 55, 60, 62, 77, 88, 101, 103, 105-108, 114, 115, 118-121, 125, 130, 132, 135, 136, 138-142, 149, 150, 155, 159, 160, 169, 172, 174, 176, 177, 182, 187
住宅……94, 99-103, 115, 123, 132, 134, 145, 147, 192, 194
シュルレアリスト…4, 47, 50, 51, 53, 55, 61, 62, 74, 93, 96-98, 101, 105-107, 109, 112, 113, 143, 148, 158, 175, 179
シュルレアリスム……4, 8, 9, 24, 37, 45, 47-53, 55, 62, 75, 76, 89, 90, 92, 95, 96, 98, 103, 104, 107, 108, 114, 136, 144, 158, 172, 176, 186
「シュルレアリスム」……………50, 60, 104
『シュルレアリスム宣言』……………48, 49
触覚……………………………41, 42, 160
ショーレム，ゲルハルト……31, 33, 35, 74
新伝統主義………………………………138
ジンメル，ゲオルク….4, 42, 79, 89-91, 105
生産…113, 119, 122, 126, 128, 129, 132, 136, 141, 142, 144, 145, 148, 154, 157, 158-160, 172, 192
「生産者としての〈作者〉」…11, 52, 75, 153, 156, 158, 193
ゼツェシオン…………………………84, 85
「1900年頃のベルリンの幼年時代」………13
想起………………………………………183
「装飾と罪悪」……………………………86
疎外………………130, 136, 141, 172, 174

た行

「太古のパリ」……………………………47
大都市……4, 9, 13, 14, 21-25, 35, 37, 39, 42-45, 77, 79, 89, 90, 99, 109, 134, 136, 144, 146, 147, 169, 182
大量生産…………………………129, 185
タウト，ブルーノ………………………146
多孔性……………27, 28, 30, 100-102, 134
ダダ…………………47, 55, 79, 92, 95, 144
脱構築主義………………………………138
『建てる，住まう，考える』…………71-73
タフーリ，マンフレッド…9, 28, 78-80, 143-145, 163, 165-168
ダル・コ，フランチェスコ…………28, 145
知識階級……………………154, 157, 159
チャップリン，チャールズ……………106
チュミ，バーナード……………………193
ツァーニキオティス，パノヨティス……93
追想…………………91, 101, 149, 186, 189
テンニース，フェルディナント…………89
ドゥボール，ギー……………174-176, 185
透明性……………………………………112
都市環境….80-82, 89, 91, 92, 102, 105, 111, 113, 134, 135, 140, 144, 150, 161, 169, 170, 177, 182, 184, 186
『都市の建築』……………………………182

索　引

あ行

アウラ……………………………………162, 186
アドルノ，テオドール…… 3, 7, 36, 56, 119
アラゴン，ルイス……………………24, 62
『一方通行路』…21, 23, 27, 32, 33, 35, 57, 67
イメージ空間……………………104-106
ヴァグナー，オットー…………………84
ヴィドラー，アンソニー…………179, 180
ヴェンチューリ，ロバート………108, 182
映画……7, 37-39, 41, 42, 61, 63, 76, 77, 80, 101, 106, 107, 115, 118, 136, 141, 150, 159-163, 168-171
エツィオーニ，アミタイ………………155
エルンスト，マックス…………96-99, 104
エンゲルス，フリードリヒ…………3, 121
オーウェン，ロバート…………………121
オースマン，ジョルジュ…4, 109, 112, 155, 156, 169

か行

ガイスト，ヨハン・フリードリッヒ……58
回復………………113, 114, 147, 148, 166
覚醒…………………………………………169
革命……………………………………10, 47
カタストロフィー……………………………67
カーチス，ウィリアム……………123, 124
カッチャーリ，マッシモ……………91, 192
カラヴァン，ダニ…………………………191
環境決定論……………………………104, 138
記憶…………………………2, 15, 81, 113
機械化………………………………………160
技術……67-71, 73-77, 80, 82, 83, 86, 89, 94, 102, 104-106, 114, 115, 118, 119, 121-123, 125, 128, 134, 138, 142, 143, 147, 158, 165, 173, 182
ギーディオン，ジークフリード…24, 59-62, 80, 81, 108, 129, 130, 149
ギデンス，アンソニー……………………155
記念碑………………………………………182
気晴らし………………42, 63, 77, 108, 119
救済……80, 101, 106, 109, 113, 119, 120, 126, 130, 132, 137, 141, 142
近代技術……77, 95, 105, 109, 114, 115, 118, 120, 121, 126, 153, 172
近代芸術……………………………176, 192
近代建築…5, 9, 15, 25, 55, 59, 61, 62, 66, 73, 79-81, 105, 108, 129, 133, 134, 136, 145, 149, 161, 168, 192
クラウス，カール…………………………71
クラカウアー，ジークフリート…………42
芸術…120, 128, 142, 144, 150, 153, 158, 159, 160, 161, 168, 169, 172, 173, 181, 192
芸術家……………………76, 157, 158, 193
「芸術作品の起源」…………………………73
ゲオルゲ，シュテファン…………………71
ゲーム…………3, 119, 173-179, 182, 193
『建築の多様性と対立性』………………182
『建築をめざして』……60, 83, 87, 88, 92, 130
工業化……………………132, 159, 165, 169
公共空間……………………109, 177, 194
『虚空へ向けて』……………………………84
コッター，フレッド…………………39, 193
コネリー，ステファン……………154, 156
コミュニティ…………………………154-156
コラージュ……………40, 97-99, 107, 193
コールハース，レム………………………193
コンスタント……………………176-182

【訳　者】

末包伸吾（すえかね　しんご）

○略歴

1963年　大阪府生まれ

1986年　神戸大学工学部建築学科卒業

1989年　ワシントン大学大学院修了

1990年　神戸大学大学院修了

1990年　鹿島建設建築設計本部建築設計部

1994年　神戸大学工学部建築学科　助手

1999年　同上　助教授

2009年　関西大学環境都市工学部　教授

2014年　神戸大学大学院工学研究科建築学専攻　教授

○主な著書・訳書

デヴィッド・ゲバード，末包伸吾訳『ルドルフ・シンドラー――カリフォルニアのモダンリビング』（鹿島出版会，1999年）

平尾和洋・末包伸吾編著『テキスト建築意匠』（学芸出版社，2006年）

本田昌昭・末包伸吾編著『テキスト建築の20世紀』（学芸出版社，2009年）

【翻訳協力】

木村洋平（きむら　ようへい）

作家、編集者

思想家と建築　ベンヤミン

令和元年12月25日　発　行

訳　者　末　包　伸　吾

発行者　池　田　和　博

発行所　丸善出版株式会社
〒101-0051 東京都千代田区神田神保町二丁目17番
編 集：電話(03)3512-3264／FAX(03)3512-3272
営 業：電話(03)3512-3256／FAX(03)3512-3270
https://www.maruzen-publishing.co.jp

組版印刷・中央印刷株式会社／製本・株式会社 星共社

ISBN 978-4-621-30474-7　C 3352　Printed in Japan